鳥井《とりい》寧々花《ねねか》
高校三年生で大貴と同じ図書委員。大貴との生活に最初は戸惑いを見せたが、次第にそれを楽しむように。最近はある悩みを抱えており……？
にゃ……あ、
ダメですにゃ……
そこはっ、にゃ、
にゃあ……っ
ふ。
森田《もりた》大貴《たいき》
高校三年生の平凡な青年。母親の再婚によって、彼女である寧々花が義妹になり一緒に暮らすことに。ワードセンスと妄想が独創的。
JN105313

『ほらほら、乳房の柔らかさなんて気にしてないで、汚れを落とすことに専念するのです！』
天使ネネカ
大貴の脳内で作り出された天使なネネカ。
言葉遣いは丁寧だが、なかなか過激派。

『そう、寧々花は今、感じちゃってるのよ〜。
大貴、もっと触ってあげて〜』
小悪魔ネネカ
大貴の脳内で作り出された小悪魔なネネカ。
その魅惑のボディで煩悩を誘惑してくる。

「だってだって、
前髪上げて、髪型がいつもより大人っぽい感じだったじゃない？
屋台のお手伝いに行くとは聞いていたけど、
あんなにカッコいいなんて
聞いてないし！」
「あの日の大貴はとにかく格好よかったよ！
焼きそば作る熱い眼差《まなざ》しとか、
コテを使う腕の筋肉とか、
光る汗とか、格好よすぎだった！
周りのお客さんも、大貴のことを
カッコいいって話していたよ。
私なんていつも一緒に住んでいるのに、
彼女なのに、ドキドキしすぎて
焼きそば買うだけで

親が再婚。恋人が俺を「おにいちゃん」と呼ぶようになった 2

マリパラ

OVERLAP

CONTENTS

maripara presents
Illustration : Yukiko Tadano
Character design / Comic : Sana Kuromiya

プロローグ

親が再婚して、義理の妹ができた。

彼女の名前は、鳥井寧々花《とりいねねか》。俺と同じ高校に通っていて、同じ委員会に所属している同級生だ。

いや、それだけじゃない。

実は俺たちは親が再婚する前に付き合い始めていて、恋人同士なのだ。

しかし、両親は俺たちが交際中だということをまだ知らない。

なぜ言わないかって？

……俺たちがもし恋人関係になったらどうするかって話題が出た時、両親の反応はこうだった。

『そうね……交際には反対しないけど、ちょっと同居はまずいかもしれないわね』

『そうだな……二人はまだ未成年だし、学生時代は特に、間違いがあっちゃいけないからな……』

つまり俺たちの交際がバレると、両親は再婚一年目から別居。俺と寧々花は一緒に住めない。誰も嬉《うれ》しくない展開が待っているというわけだ。

だから俺と寧々花は表向き仲のいい義理の兄妹を演じながら、隠れてこっそり恋人タイムを楽しんでいる。

大丈夫。要は、両親が心配するような間違いを起こさなきゃいいんだ。

今のうちは、どこに出しても恥ずかしくない健全なお付き合いをする。そして大学生になってから、「俺たち実は付き合い始めました」とでも報告しよう。

大学生になれば俺も寧々花も家を出て一人暮らしするだろうし、オトナなお付き合いをするチャンスができるかもしれない。

だから今の俺は、絶対に煩悩に屈しない。

——負けられない闘いが、ここにある……。


「あ、寧々花、晩ご飯前なのにアイス食べてる」

「う……だって、お風呂上がりで暑かったんだもん。晩ご飯は残さずちゃんと食べるから大丈夫！」

土曜日の夕方。

俺が風呂から上がって髪を拭きながらリビングに行くと、寧々花がリビングのソファーにこぢんまりと体育座りして、白い棒付きアイスを食べていた。

七月中旬の現在、毎日気温は三十度を超えていて、室内ではエアコン必須。お風呂上がりが特に暑いのは俺も分かる。

「お父さんたちが帰ってくる前に食べちゃうから、お父さんたちには内緒だよ？」

唇に人差し指を当てて、シーッというポーズをする寧々花が可愛《かわい》い。

両親は今、二人で夕飯の買い物に行っている。

『暑すぎて、料理する気がなくなっちゃうわね……』と母さんがボヤいていたら、『じゃあ、お寿司《すし》をテイクアウトしに行こうか？』とお義父《とう》さんがニコニコ提案。『じゃあ買いに行きましょう！』と、二人でウキウキルンルン飛び出していった。

両親が不在なのをいいことに、寧々花は完全に寛《くつろ》ぎモードだ。

今度はソファーのひじ掛けを枕代わりにして、コロンと仰向《あおむ》けに寝転がる。アイスは咥《くわ》えたまま……器用だな。

それにしても室内とはいえ、キャミソールにホットパンツ姿はいささか露出が多すぎじゃないか。キャミソールの肩紐《かたひも》と一緒に、ブラの肩紐も見えているし。

俺は共働きの両親を支えるために家事も積極的にこなす優良息子なので、洗濯だってする。だからあの肩紐を見るだけで、着用中のブラのデザインがありありと想像できてしまう。

しかし俺はとっても理性的な人間だから、寧々花のブラの肩紐が見えているくらいで鼻の下を伸ばしたりしない。

俺たちは両親に交際していることを隠すため、そして学校の友達に俺たちが同居しているのを隠すため、いくつかのルールを決めていた。

ルールその一……家を出る時は一緒でも、駅に着いたら別行動。俺と寧々花は別の車両に乗る。

ルールその二……学校から学校の最寄り駅まで一緒に帰ったとしても、そのあとは別々の車両に乗る。

ルールその三……ただし妹のピンチには、おにぃちゃんが駆けつけて良し。

ルールその四……両親に聞かれそうな場所では『おにぃちゃん』と呼ぶ。

ルールその五……夜、俺は寧々花の部屋に行かない。寧々花は俺の部屋に毎晩来ないようにする。

ルールその六……寧々花が俺の部屋にいられるのは、夜の十二時まで。

ルールその七……両親の前で恋人同士であることがバレそうな行為は禁止。

……と、まぁこんな感じでルールその十まで決まっているんだが、ルール八には、寧々花の下着は華麗にスルーと決められている。

義理の兄妹として一緒に暮らしているんだ。義理とはいえ妹を邪《よこしま》な目で見ることなどあってはならないからな。

両親は俺たちが程よい兄妹付き合いをしていると信用してくれている。

寧々花も俺を信用してくれている。

ここで俺が獣のように寧々花を見て舌なめずりするようでは、俺たちの平和な同居生活は成り立たない……。

とくとくと自分に言い聞かせていたら、

「――なんだか、幸せだね……」

と、寧々花が呟《つぶや》いた。

「いきなりどうした？　あ、アイス食べているから幸せってこと？」

「違うよ！　大貴《たいき》と一緒に暮らせて幸せだなって話だよ！」

アイスをちびちびと齧《かじ》りながら、寧々花が俺を見る。

「普通に付き合っているだけなら……土曜日のこんな時間に、同じ部屋でのんびりすることもないじゃない？　お父さんたちの前で仲のいい義理の兄妹を演じるだけで、彼氏と同居できるなんて幸せだなぁって」

「うん……確かにそうだね」

寧々花の言う通りだ。俺たちが義理の兄妹でなかったら、お風呂上がりにキャミソール姿でアイスを食べて寛ぐ寧々花を見られるのは何年後だっただろうか。

「まぁそれもこれも、私たちの兄妹のフリが上手なおかげだね！　これからもよろしくね？　おにぃちゃん」

「お、おう」

不意打ちに「おにぃちゃん」と甘く呼ばれて、顔が熱くなった。

寧々花が「おにぃちゃん」と囁《ささや》くASMRが世界に配信されたら、爆速で再生回数が百万回を超えるだろう。間違いない。

寧々花は妹のフリがとにかく上手だ。俺のことを「おにぃちゃん」と呼んで甘える寧々花を見て、俺たちが付き合っていることを両親が察した気配はない。

『あなたたちは本当に仲がいいわね。本当に最初から兄妹だったみたいよ』

なんて言われているので、まだまだ心配はないだろう。

「大貴も食べる？」

「え？」

決してそれが食べたいと思って見ていたわけじゃないんだが、欲しそうに見えたのだろうか……寧々花が食べかけのアイスを差し出してきた。

寧々花が口に咥えていた部分が、とろっと溶けている。

そこを食べていいのか。

ごくりと喉が鳴った。

「い、いいの？」

「うん、いいよ。あ、でも一口で全部食べちゃダメだよ？」

「そ、そんなことしないって……」

ちょっとドキドキしながら、ソファーに転がっている寧々花にそっと近づいて、差し出されているアイスに食いつこうとする……。

……が、寧々花はひょいっとアイスを動かして、「えへへ」と笑った。

このいたずらっ子め。俺にアイスを食べていいよと言いながら、食べられないようにアイスを動かしたな。その上、捕まえてごらんと言わんばかりにアイスをウロウロと動かしてくる。

「そんな意地悪すると、うっかり一口で全部食べちゃうかもなー」

「え？」

アイスを持っている寧々花の手首を捕まえて、アイスが逃げないように固定。

「あー」と大きく口を開けてアイスに迫ると、寧々花が大きく目を見開いた。

「あぁ……そんなの……ダメっ……!!――――ひゃあ!!」

「!?」

遊んでいたせいで、アイスの先がぼたっと落ちた。

しかも落ちた先は、寧々花の胸元。鎖骨の下に落ちたアイスが、胸の谷間に流れていく。

白いアイスに濡《ぬ》れた胸元が、イケない想像をかき立てた。

「冷たぁい……もう、大貴のせいでアイスが落ちちゃったよぉ！」

「ご、ごめん」

——あれ？　今のって俺が悪いんだっけ？

頬を膨らませながら寧々花が体を起こして、ソファーに座る。そして自分の胸元についたアイスを指で掬《すく》ってペロッと舐《な》めた。

あ、そのアイス、俺も舐めたい……って俺はアホか。それ、絶対美味《おい》しい……とか考えるな。もうすぐ両親が帰ってくるって。

「……着替えてきたら？」

「うん……キャミソールも汚れちゃったもんね」

と、その時——。

「ただいまー」

「お寿司、買ってきたぞー」

玄関から両親の声。

慌てた寧々花は、残っていたアイスを俺の口に突っ込んできた。

「私、急いで着替えてくるね！」

「ふぉん!?」

寧々花がリビングを飛び出し、二階に駆け上がっていく。

その足音に「なんだなんだ?」と言いながら、母さんとお義父さんがリビングに入ってきた。

「ねぇ、寧々花《ねねか》ちゃんが大慌てで二階に行ったけど、どうしたのかしら……って、大貴!

これから晩ご飯だっていうのに、アイス食べてるの? もう、この子ったら……」

「まぁまぁ。僕たちの買い物に時間がかかってしまったから、お腹空《なかす》いちゃったよね?

さぁ早くみんなで晩ご飯にしようか」

「あはは……はい」

ちゃっかり寧々花にアイスを押し付けられた俺は、晩ご飯前にアイスを食べた罪も押し付けられてしまった。

大半を食べたのは寧々花なのに。

……でも、アイスは美味しかった。


「おにぃちゃん、イクラとウニあげるから、卵とサーモン欲しいなぁ」

「いいよ。ネギトロ巻きもあげようか?」

「うーん……もうお腹いっぱいになっちゃいそうだからいいかなー。ありがとう」

可愛くお礼を言う寧々花は現在、半袖のパジャマ姿。アイスで汚れたキャミソールを着替えて、自分がアイスを食べていた証拠は隠滅した模様だ。

両親が買ってきたお寿司は、市内のちょっといい回転寿司屋でテイクアウトしてきたものだった。

色とりどり十一貫入ったお寿司の詰め合わせが四人前。

しかしどうやら寧々花の好きじゃないネタも入っていたようで、寧々花は俺と寿司ネタのトレードをしていた。

回転寿司屋に行くなら店で食べればいいだろと思われるかもしれないが、両親は二人揃《そろ》って外食が好きじゃない。基本的にテイクアウトできるものは、何でもテイクアウトして家でゆっくり食べたいと考える人たちだ。

再婚してからラブラブ街道まっしぐらの両親は、思いっきり甘い時間を過ごしたい盛り。飲んで食べてそのまま二人の世界に入りたいんだろう。

宅配も頼まずに店まで買いに行ったのは、ただ単に二人の時間を作りたかっただけだろうから、宅配のほうが便利なのにとか、これ以上深く考えないほうがいい。

「なんだ寧々花……まだウニとイクラの美味しさが分からないのか？　まだまだ子どもだなぁ」

寧々花のお父さんが笑っている。

母さんは申し訳なさそうに寧々花に話しかけた。

「ごめんね、寧々花ちゃん。今度から、寧々花ちゃんの分はウニとイクラが入ってないのにするわね」

「あ、すみません……ワガママ言っちゃって……」

「あぁもう全然いいのよ。まだ好きなもの嫌いなもの、全部把握できてなくてごめんね。これからもっとたくさん、寧々花ちゃんのこと教えてね」

「はい……ありがとうございます」

照れ笑う寧々花は、幸せそうだ。

俺も家族四人で食卓を囲うこの光景に、幸せを感じていた。

寧々花は三歳の時にお母さんを事故で亡くし、俺は五歳の時に父さんを病気で亡くしたため、俺たちには両親揃った食卓の記憶がほとんどない。

今ここにあるのは、子どもの頃から何度となく憧れていたものだ。

だから……家族みんなでのんびりご飯を食べられる幸せを思えば、両親があーんしてお寿司を食べさせ合いっこしているのを目の前で見せつけられても、我慢できる……。

「あはは。紗菜《さな》さん、ほっぺたにご飯粒がついているよ」

「あらイヤだわ。うふふ」

……………我慢できる。うん。大丈夫だ。このイチャラブ劇場にもまぁまぁ慣れてきた。

自分の気を静めながら寧々花がくれたイクラの軍艦巻きを食べていると、母さんが俺を見た。

「そういえば、大貴たちはもうすぐ夏休みね」

「あぁ、うん」

おっしゃる通り、夏休みは三日後からだ。

去年までの俺なら、「夏だ！　ひたすら家でダラダラするぞ！」と燃えるところだが、今年はそうもいかない。

受験生だから、夏休みはしっかり勉強しなくてはならないのだ。

塾の夏期講習に参加する予定もある。もちろん、寧々花も。

……ちなみに俺と寧々花は、別の塾の夏期講習に参加することになっている。寧々花は学校の友達が普段通っている塾に誘われたらしい。俺も寧々花から同じ塾の夏期講習に誘われたんだが、断って適当に通いやすそうな塾に申し込んだ。

交際していることを両親にバレないようにするため、俺たちは学校でも交際していることを秘密にしている。同じ塾の夏期講習に参加すると、寧々花の友達とも顔を合わせることになるし、何かボロが出そうで怖いもんな。

夏休み明けには学校で実力テストもあるし、勉強する時は寧々花のことを考えずに集中したいって気持ちもある。受験も近づいてくるから、テストは本番だと思ってビシッと決めていきたいところだ。

「実はお母さんたち、八月に一泊二日の新婚旅行しようと思っているのよね。その時は寧々花ちゃんと二人になるけどいいかしら」

「はい？」

突然の話に、目が点になった。

——え？　何？　新婚旅行？

「今から予約、取れるんですか……？」

寧々花が少し心配そうに聞く。

そうだよな。お盆はどこも混むし、場所によっては宿泊施設も予約でいっぱいだろう。

突然思い立ったのだとしたら、タイミング的に厳しいと思う。

しかし寧々花のお父さんは、爽やかな笑顔と共にビシッと親指を立てた。

「心配ないよ！　なんと、あるプレゼント企画に応募したら、北海道旅行のチケットが当たったんだ！　日時指定されているから、逆にそのタイミングでしか行けなくてね」

「え、すごい……」

「いいなぁ」

「本当なら寧々花たちも一緒に連れていってあげたい。でも、二人は勉強もあるし……父さんたちは再婚したばかりだし、今回は二人で行かせてもらいたいなぁと思うんだけど、いいかな？」

「うん、いいと思うよ。ね、おにぃちゃん？」

「あ、うん。そうだね。家のことは二人でできるし、安心して旅行してもらえれば」

話に合わせてさらっと受け入れたフリをしていたが、俺の心臓は駆け足になっていた。

――寧々花と一晩二人きり!?

何か起きる予感しかしない。どうする？　何か起きていいのか!?

今までの人生で一番まぶしい夏休みがやってくる予感がした。

第一章

ついに夏休みがやってきた。

さぁ学校に行く日と同じように起床して、机に向かおう。時間を決めてタイマーをセットして、受験勉強スタート!!

――ということには、なっていない。

俺と寧々花は早起きして電車に乗ると、ちょっと遠くの巨大屋内プール施設に遊びに来ていた。

「ふふふ。ここまで来れば知り合いに見られる心配もないし、今日は思いっきり恋人タイムを楽しめるね!」

「お、おう……」

プールサイドで、寧々花が俺の腕にぎゅっと抱きついてきた。

寧々花が着ているのは、百合《ゆり》の花のような装飾がついた真っ白な水着だ。いつか部屋で俺に披露してくれた水着だが、あの時より輝いて見えるのはなぜか。

白い水着が優しく包み込んだ寧々花の胸を、神々しく強調しているようだ。自分の腕に押し付けられた寧々花の胸から、目が離せない……。

「そんなに見られると、さすがに恥ずかしいんだけど……」

「す、すみません」

「でももしかして……気づいちゃった？　私の努力の成果に」

「ん？　努力の成果？」

胸をじろじろ見ていたことを咎《とが》められたのかと思ったが、そうじゃなかったようだ。

寧々花は俺の手を摑《つか》むと、お腹《なか》を触らせてくる。

「そんなに気になるなら、触ってもいいよ？　ほら、前より引き締まったでしょ？　夏に向けてスタイルアップしようと思って、筋トレ頑張ったんだ」

「!?」

――こんなところ触っていいのか!?　彼女だからいいのか!?

寧々花の手が触るように誘導してくるから、俺には触る以外の選択肢がない。

すべすべ……もちもち……。

ヤバイなこれ、ずっと触っていられそう……。

最初は寧々花に誘導されるままに触っていたが、途中から俺の手は自分の意思で動き出していた。

前より引き締まったらしいが、以前の寧々花のお腹を記憶していない。

お風呂場でバッタリ出会った時も思ったが、寧々花は前からスタイルがいいと思うし、比べてどうなったかなんて分からないぞ。

ただ、この腰のライン……すごく好きかも……。

お腹と腰のあたりをさわさわと触っていると、いきなり寧々花《ねねか》の手が俺の手をぐっと摑んで止めた。

寧々花は、赤い顔をして目を潤ませている。

「そんなにいっぱい触られると……くすぐったいよぉ」

「も、申し訳ありません……」

止められてから思い出したんだが、ここはプールサイドで他のお客さんだってたくさんいる場所だ。他の人に見られてておかしくない場所で寧々花のお腹を堪能するなんて、何を考えているんだよ、俺は。

気持ちを切り替えよう。寧々花の彼氏としてしっかりしないと。

「えっと……じゃあ、さっそくどこかのプールに入ろうか？　流れるプールとか、光るプールとかいろいろあるみたいだけど、どうする？」

「まずは……こっち！」

寧々花が俺を引っ張っていったのは、定期的に人工の波がザッパーンと打ち寄せるプールだった。

「海みたいだね」

「室内にこんなプールがあるなんてすごいなぁ……」

「……私が転ばないように、手をしっかり握っておいてね？」

「任せろ」

寄せる波で寧々花がバランスを崩さないように、しっかりと手を握った。

寧々花に頼られている感じがして、嬉《うれ》しい。胸の奥が熱くなる。

「大貴《たいき》……いつか一緒に、本当の海にも行きたいね」

「来年、大学生になったら行こうか？」

「うん……」

楽しそうに笑う寧々花を見て、幸せを感じた。

無事に大学生になれれば、来年の夏は寧々花とデート三昧も可能だ。そのためにも……。

「明日から、真面目に受験勉強しなきゃなぁ……」

「明日から本気出すってやつだね」

「とか言って、明日になっても同じこと言っていたりして」

「ダメだよ。私たちは明日から本気で受験勉強頑張る約束で、プールに来たんだからね？」

「大丈夫、分かっているよ。明日からマジで頑張る」

「うん。でも今日はせっかくプールに来たんだから、勉強の話はもうナシにしよう？　明日から心置きなく勉強に集中できるように思いっきり楽しまなきゃ」

「おう！　そうだな！」

そうだ。せっかく来たんだから楽しまなきゃ損である。

「ねぇねぇ大貴、波に逆らってどこまで行けるか試してみない？」

「いいね、行こうか」

固く手を握り合って、二人で波に立ち向かう。

本物の海でこんなことしたら、引く波に攫《さら》われてあっという間に海に流されてしまったり、足が着かなくなって溺れそうになったりしそうだが、プールの水はさほど深くないから安心だ。

しかし波の勢いはなかなかダイナミックで、時折よろめいてお互いの体が当たる。寧々花は「きゃー」と叫びながら笑っているが、俺は柔らかな寧々花の体が不意打ちで接触するから、いろんな意味でドキドキして仕方ない。

「――あ、大貴危ない！」

「え？――うわ!!」

「わ！　すんません！」

寧々花が叫んだ直後、浮き輪をした男性が波に流されてきて、俺にぶつかった。

バランスを崩した俺は、寧々花のほうに倒れそうになる。

――むにゅ。

しまった。

「大貴、大丈夫だった？」

——だ、だだだ大丈夫と言うべきか、大丈夫じゃないと言うべきか……。

押されてバランスを崩した俺を、寧々花が抱き留めた。

おかげで俺は水の中に顔を突っ込まずに済んだが、寧々花の胸元に顔を突っ込んでしまった。

「あ、ありがとう。助かった……」

「ビックリしたね。ぶつかってきた人、謝りながらもう流れていっちゃったよ。ふふっ、浮き輪も楽しそうだね」

「あはは……俺たちも借りてくれば良かったな」

俺の顔面を胸で受け止めてくれた寧々花は、普通にニコニコしている。

俺を助けることしか考えていなかったんだろう。ドキドキしているのは俺だけか……。

「寧々花、今度は別のプールに行ってみる？」

「うん！　私ね、ウォータースライダーに行きたい！」

「お、いいね。えっと、ウォータースライダーは……」

「こっちだよ！　早く早く」

波のプールから出ると、ウォータースライダーを指差してぴょんぴょん跳ねる寧々花。

胸がふるっふるっと揺れているんだが、水着から飛び出さないよな？　大丈夫だよな？

なぜ女性は下着姿を見られると恥じらうのに、水着姿になった途端に大胆になるのだろう。肌の露出面積は同じなのに。水着という装備の効果なのか。

「ほらほら、はしゃがないの。プールサイドで転んだら大変だぞ」

「大丈夫だよ。そんなに子どもじゃないんだから――あァ!!」

「寧々花!!」

言っているそばから、寧々花が転びそうになった。

間一髪、腕を摑んで支えたから、寧々花が怪我《けが》をした様子はないけど……。

「気をつけましょう」

「はい……」

寧々花が、しょぼんと肩をすくめる。

反省してくれるのはいいことなんだけど、そんなしょげた顔をされると胸が痛む。

「まぁ分かればいいんだ。俺はただ、寧々花に怪我してほしくないだけだし」

励まそうと思って寧々花の頭をポンポンと撫《な》でていると、知らないおばさんがこちらを見てクスクス笑いながら通り過ぎていった。

「妹さんが元気だと、お兄ちゃんは大変ね」

「んん!?」

寧々花が驚愕《きょうがく》の表情でフリーズする。

こちらはいきなり話しかけられて驚いたが、おばさんは何事もなかったかのように別のおばさんに話しかけて一緒にプールに入っていった。

おばさんって、そういうところあるよなぁ……と思いながら寧々花を見ると……まだ固まっていた。

心なしか、顔色が悪い。

「……寧々花？」

「わ、私……今、妹っぽかった……？」

「え？　そんなこともなかったと思うけど……？」

「でも、『妹さんが元気だと、お兄ちゃんは大変ね』って言ったよね？　私、大貴と兄妹に見えたってことだよね……？　か、彼女には見えなかったのかな……？」

「あの人にはそう見えたのかもしれないけど……気にすることないんじゃない？　ほら、早くウォータースライダーに行こうよ」

「…………う、うん。そうだね…………」

寧々花がしょんぼりと歩く。先程の、ぴょんぴょん跳ねて楽しそうだった寧々花はどこに行ってしまったのか。手を繋《つな》いでも、俺の手を握る力は弱い。

……しかし一緒にウォータースライダーのてっぺんに登った頃には、また普通に話せるようになっていた。

「みんなすごい勢いで滑り降りていくなぁ……寧々花は、こういうの平気なの？」

「うーん……あんまり乗ったことないんだよね。でも、たぶん大丈夫！　大貴は？」

「ウォータースライダーは初めてだけど、たぶん大丈夫」

「ドキドキしちゃうね」

「うん」と軽く返事をしたけど、俺の心臓はドキドキどころかバクバクしていた。

　正直に言うと、絶叫系は苦手だ。

「はい、次の方どうぞー」と元気なスタッフのお兄さんに案内され、俺たちは出発準備中の二人乗りのボートに乗り込んだ。寧々花が前で、俺が後ろである。

　ウォータースライダーも二人乗りボートも初めてだ。不安でキョロキョロしていると、スタッフのお兄さんと目が合った。

「はい、準備オッケーです。いつでもスタートしていいですけど……あれ？　お兄さん、緊張してる？　もっとリラックスして行ってらっしゃい！」

「あはは……どうも」

　陽気なお兄さんに愛想笑いしていると……俺に合図もせず、いきなり寧々花がボートをスタートさせた。

　ボートが滑り出し、勢いよくチューブの中を流れ落ちていく。

　——待て待て待て待て……これはなかなか……スリルあるやつぅ!!

ウォータースライダーにここまでのスピード感があると思っていなかった。

——舐《な》めていましたごめんなさい!!

心の中で謝っても、ボートのスピードは落ちない。

叫ばなかったのは、寧々花の前でカッコ悪いところを見せたくなかったからだ。

寧々花も全然叫んでいない。

俺の場所からは寧々花の後ろ姿しか見えないため、寧々花が怖がって黙っているのか、つまらなくて黙っているのか、無言で楽しんでいるのかサッパリ分からない。

——ザバーンッ。

両者無言のまま、終点のプールへ到着。

スタッフのお姉さんに案内されて、ようやくボートから降りられる時が来た。

別に到着を待ち侘《わ》びていたわけじゃないけどな。それからボートから降りる時ちょっとよろけたのは、別に足が震えて力が入らなかったからじゃない。ほんの少々、足の裏が痒《かゆ》かっただけだ。うん。

「いやーすごかったね、寧々花…………？」

感想を聞こうと思ったら、寧々花が遠い目をしていた。

まさか寧々花も怖くて、ウォータースライダーのせいで魂が抜けそうになってしまったのか。

「寧々花《ねねか》？　大丈夫？　怖かった？」

「大貴…………お兄さんって、呼ばれてたね…………」

「へ？　誰かにそう呼ばれてたっけ？」

「上にいた、ウォータースライダーのスタッフの人……私と一緒にいる大貴って、お兄さんに見えるんだね……私が彼女に見えないから、大貴が彼氏に見えないのかな……ははは」

力なく笑う寧々花。なんでそんなことを気にしているんだろう。

「それは、男性のお客さんみんなに言っているやつじゃないの？　寧々花だってスタッフさんには、お姉さんって呼ばれると思うよ。ほら、付き合っているかどうかは繊細な問題で見た目じゃ判断できないこともあるだろ？　よほど分かりやすいカップルじゃない限り、彼氏さん彼女さんって呼ばないんじゃないかな？」

「あ……なるほど……」

寧々花の表情が僅かに明るくなる。

何が引っ掛かったのかよく分からないが、納得できたのなら良かった。

「そっか………じゃあ、カップルに見えるように分かりやすくイチャイチャしておかないとだね!!」

「ぬお!?」

寧々花がぎゅむむっと腕に抱きついてきたので、俺の腕が寧々花の胸の谷間に密着した。

俺の腕の表皮にある細胞たちが、感動して震えている気がする。真皮と皮下組織に生まれた細胞たちが、『俺も表皮に生まれたかった』と嘆いている気がする。……あくまで気がするだけなんだが。

「大貴《たいき》、今度はあっちのプールに行こう！」

「お、おう！」

俺の腕を胸の谷間に押し付けながら、寧々花はまったく恥じらうことなく、むしろ今から戦に向かう武将のような勇ましい顔つきをしている。

——やっぱり、水着って人を大胆にするよなぁ……。

当たっています……っていうか、埋まっています。俺の腕が。

べったりくっついてくる寧々花と一緒に、俺は次のプールを目指した。


——それから一時間後。

俺は着替えを済ませて、巨大屋内プールのエントランスにいた。現在、寧々花が着替えを終えて出てくるのを待っているところだ。当初の予定だともっと遊ぶはずだったんだが、かなり早めに帰宅することになってしまった。

理由は簡単……寧々花が、「もう帰りたいな」と言ったからだ。

——どうしてあんなに元気がなくなっちゃったんだろう……。

寧々花を待つ間、俺は原因を考えていた。

ウォータースライダーに乗ったあと、光るプールで遊ぶまでは問題なかったはずだ。移動中は俺の腕に抱きついてニコニコしていたし、光るプールの中ではずっと手を繋いでいた。しっかり恋人繋ぎで。

周囲でイチャつくカップルにも負けないくらい、俺たちもイチャついていただろう。

……問題はたぶん、その後に飲み物を買おうと立ち寄った売店で起きたんじゃないかと思う。店員のおっちゃんから元気に「妹さんは何にするー？」と聞かれた直後、寧々花は「帰る」と言い出してしまったのだ。

俺は注文を聞く姿勢のままポカンとしているおっちゃんに「すみません、また来ます」と言い、寧々花を見失わないように追いかけるしかなかったんだが……。

——どうしていきなり帰るって言い出したんだ……？

それから寧々花に話を聞こうとしたが、寧々花は「もう帰りたいな、ちょっと疲れちゃった」と小さく笑うだけで、理由をちゃんと教えてくれなかった。

——おっちゃんに『妹さん』って呼ばれたから？　いやでも、それって帰りたくなるくらいショックなことかなぁ……。

もしかしたら、俺が何か寧々花の嫌がることをしていたのかもしれない。だとしたら、どうしよう……と考えて不安になった。

あれこれ理由を考えつつ、待つこと十分……。

ようやくこちらに向かって歩いてくる寧々花を見つけた。元気がなさそうだ。

「寧々花……あのさ」

「何？」

いつもより素っ気ない声。寧々花は俺を見ようともしない。

まさか、帰りたくなった原因は俺にあるのか。

無意識に何か嫌なことをしてしまった俺に、怒っているのか。

「お、怒ってる……？」

「別に、怒ってないよ。とにかく、早く帰ろう」

下を向いた寧々花がボソボソと言い、歩き出す。

俺は慌てて寧々花を追いかけ、巨大屋内プール施設を出た。

寧々花は本当に早く帰りたいようだ。

俺と一緒にいたくないのかなと、不安になる。

――これはどこかでゆっくり話を聞いたほうがいいかもしれない。

「このあと、どこかに寄っていかない？　ほら、寧々花の好きな生ジュース屋さんとか……」

「いや、まっすぐ帰りたいかな」

寄り道断固拒否って目だ。本当に一刻も早く帰りたいってオーラが出ている。

マズイ。これはマズイかもしれない。

まさか寧々花は、俺に愛想を尽かしてしまったのでは……？

「あのさ……」

「いいから帰ろう？　ね？」

寧々花はどこか必死で、会話さえ拒んでいるようだった。

俺は落ち込んだまま寧々花の少し後ろを歩き、あまり会話もしないで駅に向かった。

「混んでるね……」

「夏休みだからな……」

帰宅のために乗った電車は、満員だった。近くで大きなイベントがあったようで、イベント帰りの人と帰り時間が合致してしまったらしい。

俺は寧々花をドアの前に立たせ、他の乗客に押しつぶされないようにガードしている。

俺の両腕と体の囲いの中にいる寧々花は、少し暑そうにふぅと吐息を漏らした。

「ごめん……近いから暑いよね」

「え？　やだ、大貴が謝ることないよ。電車の中で暑いのは、お互い様でしょ？　私こそごめんね。ちょっと、汗臭いかも」

「そんなことないよ、全然」

「そう？」

寧々花から香るのは、プール独特の塩素の匂い。汗の匂いは分からない。

寧々花はよく汗の匂いを気にしていて、家の中でも汗拭きシートを使ったり、制汗スプレーを使ったりしているのを知っている。

正直なところ、そこまで汗の匂いを気にしなくてもいいのになって思うし、むしろそんなに隠されると、寧々花の汗の匂いってどんなだろうって気になってくるんだけど……気になるのは俺だけですか？

ようやく少し会話ができたが、寧々花はまだそわそわしている。

――俺が悪いことをしてしまったのなら、ちゃんと謝りたい。

「ごめん！　寧々花が何に対して怒っているのか分かってないんだけど、俺に至らないところがあるなら直すから、ちゃんと話してほしい！　察しが悪くてごめん！」

動き出した電車内で謝ると、寧々花が目をぱちくりさせた。

「あ……あのね、大貴……違うんだよ……そうじゃなくて……。……うーん……分かった。話すから……ちょっと耳を貸してくれる？」

「耳？」

困った顔の寧々花が、ちょいちょいと手招きした。

耳を近寄せると、寧々花が囁《ささや》く。

「大貴には怒ってないよ。ただ……家から水着を着てきたら…………を忘れちゃったの……」

「え？　何？」

小声すぎて、電車の音に紛れてよく聞き取れなかった。

何かを忘れたって言ったような気がしたけど。

「だから、……を忘れちゃったの」

「ん？　何を忘れた？」

「だからぁ…………下着を忘れちゃったの！」

「え……？」

その時、俺は見てしまった。寧々花のワンピースの胸元から……何にも包まれていない寧々花のマシュマロバストを。

「待って、上も下も？」

「うん……」

体をもじもじさせる寧々花。

寧々花が今、女性が最初にまとうべき上下二つの衣類をまとっていないのは本当のようだ。

家から水着を着た状態でプールに行き、帰りに着用する下着を持ってくるのを忘れるのは、小学生の話じゃなかったのか。

寧々花のワンピースの丈は短いし、下手すればノーアンダーウェアなことが周囲の人にバレかねない。

しかもなんで電車に乗るまで言わないんだ!?

「いっそのこと、水着の上に服を着れば良かったんじゃないの？」

「それも考えたんだけど、水着が湿っているから、服に変な染みができたら恥ずかしいと思って……」

良かった……俺に怒っていたわけじゃないんだ……って安心している場合じゃない。

プールで「もう帰りたいな」と言った原因を聞いている場合でもない。

せめて水着が乾くまで待って、水着を下着代わりに着用して帰れば良かったんじゃないのか……なんて、今言っても仕方ないよな。きっと寧々花は、ノーアンダーウェアなことを誰にも言わずに帰る気だったんだろうし。

もう電車に乗ってしまったし、ここまできたら俺がサポートして、寧々花が最重要部位専用ウェア無しであることが周囲の人間にバレないようにしながら帰るしかない。

「――おわっ」

「んっ」

考え事をしていたら次の駅に着いて、さらに人が乗り込んできた。

後ろから押されて、俺と寧々花《ねねか》が密着する。

――ふにゅ。

俺と寧々花の間で、寧々花のマシュマロバストが押しつぶされた。

「だ、大丈夫？　苦しくない？」

「へ、平気……」

平気と言いつつ、寧々花の顔は赤い。

俺に胸を押し付けてしまっているのが恥ずかしいみたいだ。

しかし寧々花には悪いけど、俺には今どうすることもできない。

ブラジャーに包まれていないマシュマロバストは、ふわっふわ。電車の揺れに合わせて俺と寧々花の体が動くから、むにゅむにゅと形を変える。

そしてノーブラ状態で俺に胸を押し付けてしまっているのが恥ずかしいのか、寧々花は何とも言えない悩ましい表情をしている。

――マズイ。このままだと俺の特急列車が発進しちまう……！

俺の特急列車には、煩悩たちが乗り込み始めている。煩悩ラッシュだ。

「乗車しないでください」と叫ぶ駅員の格好をした理性たちの声など、どこ吹く風。煩悩たちでぎゅうぎゅうになった俺の特急列車の車内には冷房が効くはずもなく、熱気がむんむんと立ち込める。

「あ……んぅっ……」

急に寧々花がピクンと震えて、身を捩《よじ》った。

寧々花の体の動きで、俺の特急列車が起動する。

すぐにでも欲望線を走り出そうとする列車に、まだ乗り込もうとする煩悩たち。

「この列車は回送です！　降りてください！」と怒鳴る駅員の理性たち。

俺の駅のホームは大混雑。自分のことしか考えていない煩悩たちのせいで、制御不能の大騒ぎになっている。

その時、寧々花が俺の耳元に顔を寄せた。

そして「大貴《たいき》……」と艶っぽい声で囁く。

「ど、どうした？」

「あの……あのね……その……」

「な、何？　どこか苦しい？」

「そうじゃなくて……大貴の……大貴の、特急列車が……当たって……」

「え？　あ、ご、ごめん!!」

急いで寧々花との間に少しでも隙間ができるように踏ん張った。

不可抗力なんだが、煩悩で満員になっている俺の特急列車が寧々花に当たっていた。

本当に申し訳ない。

これが寧々花じゃなかったら、俺は「痴漢だ」と叫ばれて警察に捕まるところだった。

——……って今、寧々花は『大貴の特急列車』って言った？　もしかして俺が今、煩悩ワールドでどんな世界を展開しているのか気づいたのか!?

次第に俺の煩悩ワールドへの理解を深めていく寧々花をすごいなと思っていたが、ついにノーヒントで先読みしてきた。

待ってもうやだ恥ずかしくて泣いちゃう。

「——ふぬっ!?」

心が弱った瞬間、後ろからまたぐぐっと押された。

俺の体は寧々花に再度接近し、また一ミリも隙間のない状態へ。

しかも、だ。俺の特急列車は、何か動くものに接触していた。

「ご、ごめん、手が……」

「い、いえ。こちらこそすみません。今、離れます……」

おそらく俺の特急列車が接触しているのは、鞄《かばん》を持っている寧々花の手。

距離を取ろうとするが、現実世界の満員電車の圧力には敵《かな》わない。

「……あ、あ、えっと、大丈夫？　もしかして痛い？」

　赤い顔で寧々花が慌てている。こんな状態でも怒らず、俺のことを心配してくれる寧々花は優しい。優しすぎる。

「い、痛いというか……」

「こうしたら痛くない……かな？」

「!?」

　俺の特急列車が温かいものに包まれた。

　状況を目で確かめなくても分かる。寧々花は鞄を片手で持ち、もう片方の手を返して、俺の特急列車を手の平で受け止めてくれたようだ。

　ズボンの布越しに、手の温《ぬく》もりを感じる。

　優しすぎて、逆にダメなやつ……!!

「まだ痛い？」

「寧々花、お願いです。もう、動かさないでください……」

「あ、うん！」

　思わず敬語になってしまった。

　寧々花にマスターコントローラーを取られた。

　もう俺に為《な》す術《すべ》はない。

　俺の特急列車が発車するかどうかは、寧々花の手に委ねられている。

この可愛《かわい》らしい女神の手をもってすれば、俺の特急列車は爆速で欲望線を駆け抜けるどころか、そのまま天に昇って愛と欲望の銀河を突き進むことも可能。

でも待って本当に心の準備ができていない。

宇宙飛行士だって宇宙に行くのに前準備をしっかりしているんだぞ。俺だって銀河に行くならそれなりの準備をしなくちゃ。でないと、俺も銀河の星になってジ・エンドだから。

果たして俺の特急列車が発車するのが先か、俺たちの乗っている電車が駅に着くのが先か、手に汗握る展開になった。

『早く出せ！』と怒鳴る煩悩たち。

『回送だって言ってんだろ。降りろゴルァ』と怒鳴り返す駅員理性たち。

プルルルルッと電車の発進音が鳴り響く時————俺と寧々花は自宅の最寄り駅のホームに立っていた。


駅に降り立った俺は、大きな溜《た》め息《いき》をついた。

「良かった……着いた……」

駅のホームは暑いが、満員電車に比べれば風が通り抜けるだけまだマシ。

突き抜けるような青い空を見れば煩悩たちも目を覚まし、乗り込んでいた特急列車から大人しく降りていく……。

「大貴、落ち着くまでどこかで休憩する？」

寧々花が俺に気遣うように聞いた。

「うーん……そうしたい気持ちもあるんだけど、寧々花も早く帰りたいだろうから、行こうか」

「ありがとう、ごめんね」

忘れちゃいけないんだが、寧々花は今ノーアンダーウェア状態なのだ。

レベル一の村人より装備が甘い。一刻も早く、自宅という安全地帯に連れて帰らなければいけない。

俺の特急列車から煩悩たちが全員降りるのを待っている暇はないのだ。

「早く帰ろう。知り合いに見つかっても面倒だし」

「うん……」

直射日光が暑くないように、俺は寧々花の頭に帽子を被《かぶ》せ、自分も帽子を被った。

「私がうっかり下着を忘れたばかりに、無理させちゃってごめんね……」

「いやいや、そんなに気にしなくていいよ」

「でも大貴、いつもそうなっちゃった時、しばらく動かなかったじゃない？」

「それは………」

……なんて言えばいいんでしょうか。って、そんな心配をされるくらい、俺は寧々花の前でこうなった前科があるんだな。

寧々花の前ではいつも紳士であろうと思っているのに、空気を読んでくれない下半身が辛《つら》い……。

「とにかく俺は大丈夫だから。暑いし、早く帰ろう」

帽子の上から頭をポンポンと撫《な》でると、寧々花が「はぁ……」と溜め息をついた。

あれ？　俺は今、何か取るべきアクションを間違えたか？

「どうした？」

「うーん……何でもない……」

でも、何でもなさそうな顔じゃないんだけど。

「あ、喉渇いた？　ちょっと飲み物買おうか？」

俺は道端に設置された自動販売機に向かった。

暑い電車の中にいた上に変なことも起きちゃったし、寧々花は喉が渇いたに違いない。

水分補給は大事だ。こんなに暑い日なら、なおさら。

「寧々花は、何飲む？」

「えっと……麦茶がいいな」

「了解。チャリンとポチッと……あらよっと」

　ガコンと音を立てて自動販売機から出てきた麦茶のペットボトルを渡すと、寧々花が笑った。

「ふふっ、変な掛け声」

「あはは……俺、よく友達にも独り言多いって言われるんだけど、ついなんかする時に喋《しゃべ》っちゃうんだよね。よっこらせ、とかもよく言っちゃうし」

「私、好きだよ。大貴のそういうところ」

「どうも……」

　ちょっと恥ずかしいけど、寧々花が笑ってくれたならいいかと思ってしまう。

　寧々花がごくごくと麦茶を飲んだのを見てから歩き出そうとすると、腕を引っ張られた。

「え？　大貴は買わなくていいの？」

「あー……うん。もうすぐ家に着くし、俺は帰ってからでいいかな」

「じゃあ一緒に飲もう！　大貴も水分補給したほうがいいよ。電車、暑かったし」

　ずいっとペットボトルを差し出してくる寧々花。

　言うまでもないが、飲みかけだ。

　当たり前のように俺にも分けてくれようとする寧々花を見て、俺たちってすっかり恋人同士って感じだよなぁ……なんて思っていたが――。

「――やっぱり私って、妹っぽいよね」

麦茶をありがたくいただいている俺の隣で、寧々花《ねねか》が寂しそうに呟《つぶや》いた。

「……ん？　確かに寧々花は妹のフリが上手だけど……あ、もしかして義理の姉になりたかったとか？」

「そういう話じゃないんだけどね……」

「うん？」

「大貴は、いつでもしっかり者で、いっぱい気遣ってくれるし、ドジな私のフォローも上手で、すごいよね……。頼りになるから、おにぃちゃんって感じがする。それに比べて私は――」

「え？　それに比べて私は……何？」

「ううん、何でもない。大貴……今日はごめんね。予定より早くプールから帰ることになっちゃったし、帰りは私がドジなせいで迷惑かけちゃったし……本当にごめんね」

「気にしないで。プールは充分楽しんだし、帰りは……俺も迷惑かけちゃったからお互い様ってことで」

「ありがとう……」

「……帰ろうか」

「………うん」

寧々花が歩き出したから、俺も横に並んで歩いた。

普通のカップルのデートなら、ここらへんで解散して、次のデートまで顔を合わせることもないんだろうな。

でも、俺たちは違う。家に帰ったら俺たちは義理の兄妹になる。

同居しているおかげで、夏休みも毎日会えて嬉《うれ》しい。

しかし毎日顔を合わせるからこそ、距離を取るのが難しい。

——なんか悩んでいるみたいだけど、聞いても答えないんだから、これ以上しつこく聞かないほうがいいかな……。

寧々花がそっとしておいてほしいと思う時、そっとしておいてあげることも大事だろう。

何日も暗い顔をしているようなら、その時はまた寧々花に聞いてみようと思っていた。

幕間……side寧々花……

通りすがりのおばさんに『妹さんが元気だと、お兄ちゃんは大変ね』と言われた時、ショックで動けなくなった。

そのショックのせいで、ウォータースライダーの係の人が大貴《たいき》を『お兄さん』と呼ぶのを聞いて、自分は妹に見えたのかと思って勝手に落ち込んでしまった。

その後は誰から見ても彼女に見えるように精一杯彼女らしく振る舞っていたはずなのに、売店のおじさんに『妹さんは何にするー？』と聞かれて、心が折れてしまった。

私ってそんなに、妹っぽく見えるんだろうか。

——私はワガママだ。

両親には兄妹だと思われていいのに、他の人には彼女だって思われたい。

妹のフリには自信があるし、妹のフリをしている私を『妹っぽい』と褒められるのは嬉しい。けれど、妹のフリをしていない時に妹扱いされるとイヤだ。

家の中で大貴と恋人らしいことができない分、プールに行った時は思いっきり恋人らしいことがしたいと思ったのに…………結果は、大失敗だった。

私のせいで大貴はプールを楽しめなかったと思う。ごめんなさいって気持ちでいっぱいだ。

あぁもっと彼女らしくなりたい。

大貴が自慢に思えるような、どこに出しても恥ずかしくない彼女になりたいなぁ。


今日は塾の夏期講習があるから、大貴と私は別行動だ。

一緒にいられなくて寂しいけど、今は一人で気持ちの整理をする時間も欲しいから助かる。

義理の兄妹として同居している私たちは、顔を合わせない日はない。ちょっと顔を見るのが気まずいなって思っても、両親を心配させないように元気に振る舞わなきゃいけない。

所かまわず「あぁぁぁぁぁぁもうイヤだぁぁぁぁ」って喚《わめ》き散らすことができないのは、初めて感じた同居のデメリットだった。

今は夏期講習の始業時間を待っているところ。

みんな近くの人とお喋りをしながら時間を潰している。

「はーああああ」

「どうしたの？　寧々花。そんなに夏期講習が憂鬱？」

隣の席に座っている友達が、私の盛大な溜め息に反応してくれた。

彼女は、倉田奈緒《くらたなお》ちゃん。中学の時から仲がいい友達で、私をこの塾の夏期講習に誘ってくれた子だ。

クールな奈緒ちゃんは、とっても美人さん。でも美人すぎて近寄りがたいのか、とってもモテそうなのに彼氏ができたという話は聞かない。

「夏期講習が憂鬱なんじゃないけど……ちょっと悩んでいることがありまして」

「ほうほう。どうしたどうした？」

さすが奈緒ちゃん、すぐ私の悩みを聞く態勢になった。

しかし私の悩みは大貴のこと。奈緒ちゃんのことを信用しないわけじゃないけど、大貴と義理の兄妹にあったことは学校の誰にも言わないって大貴と約束しているし、正直に全部相談するわけにはいかないんだよね……。

あぁでも、話は聞いてほしい。相談したい。

悩みに悩んだ私は、友達のこととして奈緒ちゃんに相談することにした。

「実は、友達に相談されたことで悩んでいるんだ……」

「うんうん、どんな相談？」

「その子は彼氏と付き合い始めたばかりなんだけど、彼女らしいことができていないような気がして悩んでいるんだって。アドバイスを求められたんだけど、私には彼氏もいないから全然分からなくて……」

「なるほどなるほど」

奈緒ちゃんが、ふむふむと頷《うなず》く。

——大丈夫だよね？　私の話だとはバレてないよね？

ドキドキしながら奈緒ちゃんの反応を窺《うかが》っていると、奈緒ちゃんは真剣な顔で悩みだした。

「まぁ私も彼氏できたことないんだけど……その子は何を目標にしているのかな？　自分の理想とする彼女像に近づきたいのか、それとも彼氏をもっと喜ばせてあげたいのか……。自分を磨きたいのか、彼にサービスしたいのかで方法は変わるかも？」

「あ、彼氏をもっと喜ばせたいんだと思う！　きっとね、『この子が彼女で良かったー』って思ってもらいたいんだよ！」

「彼女らしいサービスをしたいのね。じゃあアレだ。彼氏の夢を叶《かな》えてあげるとか」

「彼氏の、夢？」

大貴の夢って何だろう……？

ダメだ、一緒に住んでいるのに全然知らない。

「別に、サッカー選手になりたいとか、弁護士になりたいとか、そういう夢じゃないよ？」

「え？　そうなの？　じゃあどういう夢？」

「ほら、男子って欲望がたくさんあるんでしょ？　女の子にああしてほしい、こうしてほしい……ああされたい、こうされたいっていう欲望。それを叶えてあげられるのが彼女なんじゃないかなって私は思うんだよね。彼氏が人知れず抱えている夢を叶えてあげたら、もう彼氏は大喜びで間違いない」

「すごい……すごいです奈緒先生。どうして奈緒先生はそんなこと知っているんですか!?」

「レディコミ読んでいると、自然についちゃう知識かな?」

ふふんとクールに微笑《ほほえ》む奈緒ちゃん。

レディコミって、ちょっとオトナな女性向け漫画だよね。私も読んで勉強したほうがいいかも。

「そ、それで奈緒先生、男子っていうのはどんな夢を持っているものなんですか……?」

「そうだね……たとえば——裸エプロン」

「裸……エプロン?　裸に見えるイラストの描かれたエプロン?」

「何そのネタみたいなエプロン……。めっちゃグラマラスな女体のイラストだったら喜ぶ人もいるかもしれないけど、そうじゃないよ。裸のまま、服着ないでエプロンをするの」

「し、下着も?」

「それは……度胸次第かな。すっぽんぽんにエプロン着ている漫画もあれば、下着の上にエプロン着ている漫画もあったし、水着の上にエプロン着ている漫画もあったと思う」

「そっか、水着着用でも大丈夫なんだね」

全裸にエプロンはさすがに恥ずかしいけど、下に水着を着るならできそうな気がする。

私は自分の手帳に、『裸エプロン』とメモをした。

「奈緒先生、他には？」

「あとは……定番だけど男子が好きなのは、ナース服とか、小悪魔コスチュームとか、猫耳とか、チャイナ服とか。きっと大好きな彼女が着てくれたら最高なんじゃない？」

「……なんだかハロウィンのコスプレみたいだね」

「定番のコスプレだしね。あとメイド服とかもいいよね。ニーハイソックスとの絶対領域に萌《も》えるって聞くよ。……あ、今まで言ったのは、あくまでオーソドックスなネタだから。その人が何フェチか分かれば、もっとニッチなネタが出せるよ」

「フェチ？　フェチってなんですか？　奈緒先生！」

「——ちょいちょいちょい！　夏期講習に来て何の話をしているんだよ、奈緒！」

奈緒ちゃんの話を熱心に聞いていると、横から同じ学校の友達の木村春海《きむらはるみ》ちゃんがストップをかけてきた。

「春海ちゃん、おはよう」

「おはよう。今日から夏期講習ってこと忘れてて、慌てて走ってきたよー。ほんと、あっつい……。で、私がいない間、何の話をしてたんだよ？」

テニス部を引退したばかりの春海ちゃんは、日に焼けた肌をしたスポーティな女の子だ。私と奈緒ちゃんとは高校に入ってから出会って、仲良くなった。

私たちは三年生になって同じクラスになり、昼も一緒に食べているし、行事も一緒に行動している。そして春海ちゃんも奈緒ちゃんに誘われて、ここの塾の夏期講習に参加することになったのだ。

「別に何でもないよ。ただ男子が好きそうな要素の話をしていただけで」

「清くて可愛《かわい》い寧々花《ねねか》に変な知識を吹き込むんじゃない！」

「寧々花から聞かれたんだからいいじゃない。ねぇ、寧々花？」

「そ、そうだよ春海ちゃん。私が友達から相談されたことを、奈緒ちゃんに相談していたところだったの」

「友達？　誰？」

春海ちゃんに直球で聞かれて、ウッと言葉に詰まった。

実際にそんな友達はいない。何を隠そう、その友達の正体は私なのだから。

二人は大事な友達だし、正直に話してもいいのかもしれない。きっと驚くけど、悪いようにはしないはず……。

でも…………ダメだ。言えない。

二人を信用していないわけじゃないけど、やっぱり話すのが恥ずかしい。

ここは秘密にしておこう……。

「えっと……べ、別の学校の子なんだけど」

「別の学校の子？　同じ中学だった人？」

「うーんとね………」

どうやって誤魔化そうか必死になっていると、奈緒ちゃんがスマホを取り出して時間を表示した。

「まぁ、誰だっていいじゃない。その子は寧々花に相談したんだから、私たちが誰の話か聞くのは野暮だわ。……それよりもうすぐ始まる時間だね。春海も席に着いたら？」

「うん、じゃあそうする。二人ともまたあとでね」

「うん。またあとでね！」

自分の席に向かう春海ちゃんに手を振ってから、私は安堵《あんど》した。

──奈緒ちゃん……素敵なフォローをありがとう。格好よすぎる。

大人っぽくてクールな奈緒ちゃんのおかげで、私は春海ちゃんの質問から逃れることができた。

間もなく塾の先生が教室に入ってきて、講習を受ける生徒が慌ただしく席に着いた。

普段は塾に通っていないから、塾で勉強するのは初めてだ。

いつもと違う空気で、ドキドキする。

——しかしなるほど……。裸エプロンと、ナースと小悪魔と猫耳とニーハイ……。

大学受験に向けた要点学習を受けつつ、私の頭の中では、大貴《たいき》を喜ばせる効果的な方法を導き出す方程式が展開されていた。

第二章

八月。両親が新婚旅行に向かう日がやってきた。

「大貴、出掛ける時は戸締まりをしっかりするのよ？」

「分かってるよ。留守番するのは初めてじゃないんだから」

「最近してなかったから、念のために言ってるのよ。それから、二人きりだからって寧々花ちゃんに失礼なことするんじゃないわよ？」

「しないって」

「寧々花ちゃんを傷つけるようなことをしたら。私が責任もってあんたのモノを機能不能、使用不能に追い込むからね？」

下腹部で寒気がした。

母さんの目は真剣そのもの。完全にターゲットを狙う暗殺者の目。

もし俺が寧々花の恋人じゃなかったら、寧々花の半径一メートル以内に絶対に近づかないし、指一本触れないようにすると思う。

「それから、受験勉強サボらないように頑張ってね」

「はいはい……母さんたちも気をつけてね。置き引きに注意だよ。あと、父さんとはぐれて迷子にならないようにね」

「やだ、大丈夫よ。そんな心配しないでよね」

「あと、はしゃぎすぎて転ばないように」

「もういいから！　じゃあ、お母さんたち行ってくるわね！」

旅行出発直前、俺と二人きりになって釘《くぎ》を刺してきた母さんだが、俺が逆に釘を刺してあげると足早に撤退した。

別に意地悪を言うつもりじゃなかったんだけどな。

寧々花のお父さんと一緒に旅行したら、母さんはテンション上がって周りが見えなくなりそうだと思ったから、親切心で忠告しただけなんだぞ。

「――じゃあ、行ってきます」

「行ってきまーす」

「気をつけて」

「お父さん、お土産よろしくねー」

キャリーバッグを持って玄関を出る母さんと寧々花のお父さんを、俺と寧々花で見送った。

これでもう、この家は明日の夜まで俺と寧々花の二人きりだ。

「いよいよ、二人きりになってしまいましたね、寧々花さん」

「そうですね……これで、いつでも恋人タイムし放題ですね、大貴さん」

チラッと寧々花を見ると、寧々花がイタズラっぽく「ふふん」と笑った。何やら機嫌が良さそうだ。

プールに行ってから数日は、何かを悩んでいる様子で元気がなかった。しかし夏期講習が始まった頃から、何か吹っ切れたように明るくなった気がした。

二人きりになるこのタイミングで、寧々花が元気そうだと安心する。

「今日は私が晩ご飯を作るから、大貴は夏期講習が終わったあと、ゆっくりしてきていいよ」

「え？　いいの？」

「うん、今日は一人で晩ご飯を作りたい気分だから、むしろそうしてもらえると助かるんだ」

おや？　これは何かを企《たくら》んでいるような顔だ。

もしかして完成まで俺に内緒にして、俺を喜ばせるつもりか。

これって新婚夫婦っぽくないか……？

両親が新婚旅行している間に、俺たちは新婚ごっこしちゃうわけか！

「分かった。じゃあ夏期講習が終わったら寄り道して帰ってくる。……何時くらいに帰ってくればいい？」

「そうだなぁ……午後五時くらいに帰ってきてほしいな」

「了解」

一体どんな晩ご飯を作ってくれるんだろう。

ワクワクして夏期講習もハッピーな気分で乗り越えられそうだ。

「ふふっ、私たちも新婚さんみたいだね」

「あ、うん……」

「今日も、夏期講習頑張ろうね」

——ちゅっ。

寧々花から、頬にキスされた。

えへへと恥ずかしそうに笑う寧々花が、控えめに言っても最アンド高に可愛い。

——あれ？　俺ってこんなに可愛い寧々花と明日の夜まで二人きりなんだよな？　大丈夫？　本当に大丈夫なの？　俺……。

夏の思い出は夏休み初日のプールで作り終わったはずだったが、どうやらこれからボーナスタイムに突入するらしい。


その日……俺は夏期講習が終わったあと、駅前でぶらぶらして時間を潰した。そして約束通り、ちょうど午後五時くらいに自宅前に到着した。

手には、寧々花と一緒に食べようと思って買ってきたロールケーキ。

一人でケーキ屋に入ってロールケーキを買うのは少々恥ずかしかったが、寧々花を喜ばせるためだと思えば頑張れた。

――もし寧々花と結婚したら、俺は毎日帰宅前にお土産を買って帰ってしまいそうだな……。それで、『毎日は買いすぎ！　こういうのは……特別な日でいいんだよ。私は毎日大貴が無事に帰ってきてくれるだけで充分なんだから』って怒られちゃったりして。

脳内で新妻寧々花がエプロン姿で出迎えてくれる図が展開される。

良きかな良きかな。顔が自然とニヤけた。

さぁそろそろ現実世界の俺も、寧々花が待つ家に帰るとするか……。

「――ただいま」

玄関のドアを開けて中に入ると、寧々花がリビングのドアから出てきた。

「おかえりなさい……大貴」

照れたように笑う寧々花を前にして、俺は靴を脱ぎかけのポーズのまま一時停止した。

原因は寧々花にある。――寧々花が……おかしなことになっていた。

まず頭に乗っているのは、猫耳のついたナース帽。

――猫耳ナースだ。かわいい。

……と普通ならなるところだが、今回はそんな簡単な感想じゃ終わらない。

寧々花《ねねか》の首から下にもご注目。

着ているのはピンクのエプロン。そして、エプロンの下に着ているのは水着だ。

ほぼ裸エプロン状態。前から見ると、下に何も着ていないように見えて一瞬焦った。

チラチラ見える胸元と太腿《ふともも》の付け根が、こっちを見てと誘惑してくる。

つまり今の寧々花の装備は、猫耳ナース水着エプロン。属性と属性を掛け合わせて、攻撃力を上げてきた。

どこでこんなイケない技を覚えてきたのか、じっくり聞き出したい……。

――『誰にこんな誘惑の仕方を教えてもらったんだ？』

――『あ……それは……秘密です……』

――『おやおや？　寧々花は今、猫なんだよね？　語尾は、にゃん……だろ？』

――『は、恥ずかしいですにゃん……』

――『さぁ言ってごらん？　誰にこんなイケないことを教えてもらったんだ？　言わないなら、寧々花の体に聞くしかないかな？』

――『にゃ……ぁ、ダメですにゃ……そこはっ、にゃ、にゃぁ……っ』

……ダメだ。危険すぎる、今すぐ現実世界に帰還しろ。バックトゥーザ現実。

うん。危なかった。脳内で何かが始まりそうになっていた。

人間は考える葦《あし》なので、考えてしまうのは仕方ない。心で思うのは自由だ。

ただ、それを表に出すか出さないかが重要で、その選択が人生の明暗を分けるのである。

俺は寧々花の恋人であり、義理の兄。たとえ心の中で欲望にまみれた想像をしても、紳士的な顔付きを崩しはしない。

平常心。平常心……。

「寧々花……あの、その格好は？」

よくぞ聞いてくれましたとばかりに、寧々花がその場でくるっと回った。

なんだ？　一瞬、何かが背中についているように見えたような……？

「今日はね、大貴に彼女らしいことをしてあげたいと思って頑張ってみたんだ。もうすぐ晩ご飯もできるから、先にお風呂入って、リビングでゆっくり待っていてね」

「あ、ありがとう。……えっと、ロールケーキ買ってきたから、デザートに一緒に食べよう」

「わぁ嬉《うれ》しい！　実はデザートのことまで考えてなくて、どうしようかなって思っていたんだ。これ、冷蔵庫に入れておくね」

「よろしく」

ロールケーキを受け取り、踵《きびす》を返してリビングに戻ろうとする寧々花の背中――水着の留め具の両脇に小悪魔の羽がついているのを見て、俺はコケそうになった。

――そこに小悪魔まで入れちゃう!?

リビングのドアをくぐる直前、寧々花が振り返った。

「あ、そうだ！　大貴《たいき》に聞きたかったんだけど……ニーハイソックス、好き？」

「ニーハイ……？　す、好き、かな……？」

「分かった！　じゃあ穿《は》いておくね！」

ニコニコとリビングに消える寧々花。おそらく奥のキッチンに向かったんだと思う。

――待って寧々花。今の状態でニーハイソックスまで着用するつもりですか？

ニーハイソックスを穿いてしまったら、裸エプロンの裸要素が薄れてしまう。しかしニーハイソックスを穿けば、エプロンとニーハイソックスの間に絶対領域が生まれる。

どこを旨《うま》みとするか、とても難しいラインだ……。

――という話の前に、属性を取り込みすぎなんだよおおおお!!　もう属性が大渋滞起こしてるじゃん!!

分かる。分かるよ。寧々花の思考が俺には分かる。

きっと寧々花は、俺に彼女らしいことをしてあげたいと思って、男子が喜ぶ格好についてネットかなんかで調べたんだろう。

そこまではいい。

問題はそこで知り得た男子の好きな要素を、まとめて一気に身に着けたってところだ。寧々花なりにすごく頑張って考えたんだと思うと、正直かなり嬉しい。

いつか寧々花にお願いできる機会があったら、猫耳寧々花も見たかったし、ナース寧々花も見たかったし、小悪魔寧々花も見たかったし、裸エプロンだってやってほしかった。

……その夢がまさかすべて一度に叶《かな》うとは思っていなかったけど。

オールマイティで刺激的だ。

しかし属性の渋滞が個々の持つドキドキ効果を半減しているような気もするんだ。

そこはかとなく口惜しい。

――いやしかし、属性の魅力同士がぶつかり合ってドキドキ効果を半減している状態は、この場を紳士的に切り抜けなくてはならない俺には好都合なんじゃないか？　属性の渋滞に戸惑った心で、今晩の食卓を健全なムードで終わらせるんだ。

心を落ち着かせながら手洗いうがい、シャワーと着替えを済ませてリビングに入ると、俺はダイニングテーブルに着いた。

すでにテーブルにはランチョンマットが敷かれ、お箸やコップが用意されている。いつもは隣同士で食べているが、今日は両親がいないから、俺たちの位置は向かい合うようになっていた。

キッチンからはいい匂いが漂い、寧々花が料理をする心地よい音が聞こえてくる。

何か手伝いたいとも思うけど、「待っていて」と言われたし、大人しく待っていたほうがいいだろうか。

椅子に座ってそわそわしていると、寧々花が麦茶を持ってきてくれた。

……寧々花の装備に、ニーハイソックスが増えている。

「もうすぐパスタが茹《ゆ》で上がるから、もうちょっと待ってね」

寧々花が麦茶を注ぐために前屈《まえかが》みになると、エプロンの隙間から寧々花のマシュマロバストが見えた。

あの胸の柔らかな感触を思い出して、顔が熱くなる。

「……晩ご飯、何？」

余計なことは何も考えていませんという顔を繕って、寧々花に聞いた。

「寧々花特製の冷製パスタです！　お父さんが喜んでくれるから、夏によく作ってあげていたんだ。楽しみにしていてね」

「うん。すごく楽しみ」

猫耳ナース水着エプロン小悪魔ニーハイ寧々花が、再びキッチンに消える。

俺は寧々花が注いでくれた麦茶をごくごく飲むと、はぁと強く息を吐いた。

――いや、属性の渋滞で効果半減とか思ったけど、充分俺を瀕死《ひんし》に追い込むだけの刺激があるわ。

落ち着こう。

寧々花が料理を完成させる前に雑念を振り払い、煩悩を滅却しておこう。

そう思いつつ、俺は日中の疲れでウトウトし始めて……。

『あら～？　せっかく私が、彼女らしいことをしてあげたいと思って頑張っているのに、堪能しなくていいの～？』

――ね、寧々花⁉

気づくと俺は脳内の煩悩ワールドに召喚されていた。

いや、これはきっと夢だ。夢に違いない。

だって俺の前に、小悪魔の格好をした寧々花がいるんだから。

黒の煽情的《せんじょうてき》な衣装を身にまとい、背中で小さな悪魔の羽を動かしている。黒い矢印のような尻尾もついて、完璧に小悪魔だ。

『そうよ～私は寧々花じゃないわ～。大貴の脳内の煩悩代表、小悪魔ネネカよ～。本当は大貴って、こういう格好が好きなのよね～？　だから私はこんな格好をしているのよ～？』

俺の脳内の煩悩代表が、俺に話しかけてくる。

めちゃくちゃエロかわいいのは、これが俺の理想の寧々花だからなのか⁉

――ヤバイって。夢の中だとしても、寧々花のこんな姿を見るのはやめておいたほうが身のためだ。

逃げようとするが、追ってきた小悪魔ネネカが俺に抱きついた。

『ねぇ……？　女が裸エプロンをする時の気持ち、分かる～？』

甘ったるい声で、囁《ささや》かれる。

――裸エプロンをする時の気持ち？　そ、そんなの分からないけどっ。

『女が裸エプロンをする時は………自分を美味《おい》しく食べてねって意味なんだよ～？』

そんな馬鹿な。

美味しい料理を作っていると見せかけて、本当のメインディッシュは自分だよという
メッセージが込められていたというのか!?

――……ってそんなわけあるか。あの寧々花が、そんなあからさまに俺を誘うはずない。

むぎゅっとされるだけで幸せになっちゃうピュアな女の子なんだぞ。

『じゃあ、猫耳をなんでつけているか分かる～？　もっと触ってってメッセージだよ～

……撫《な》でてほしいの、全身、くまなく～……』

悩まし気な表情で、小悪魔ネネカが俺を誘惑する。

『今までのスキンシップじゃ足りないから、猫になって甘えようとしているんだよ～。

可愛《かわい》がって……くれないの～？』

――今までのスキンシップじゃ、足りなくなった……だと!?

ぎゅっとするだけじゃ足りなくなり、両親のいない今夜、俺たちの関係を一歩前進させたいと思っているのか。

それが本当なら……俺は、寧々花の期待に応えるべきなのか……。

——……って待て待て。そんなのは悩むだけ無駄だ。寧々花がオトナの階段を上ろうと考えて猫耳をつけているはずがない。

寧々花は男が猫耳を好きなことを知ってしまったのかもしれないが、「そうだよね。猫のお耳って可愛いもんね」くらいにしか思ってないだろうよ。

『じゃあ、何もしなくていいの～？』

——あ、あぁ。何もしなくていいさ。

『ふふっ紳士ぶったって無駄よ～。私には、大貴が本当にしたいことが分かるんだから～。本当は、猫耳ナース寧々花に耳かきしてほしいんだよね～？　甘えたフリして太腿にすり寄って、下から私のおっぱいを眺めたいんだよね～？　エプロンを着せたまま下の水着だけ脱がして、恥ずかしがる寧々花に……』

——こらこらこらこらこらぁ!!　やめんか!!　思ってない!!　断固としてそんなこと思ってないから!!

『素直になりなよ～。私は大貴の敵じゃない。味方なんだよ～。私は大貴の脳内の煩悩から生まれたんだから、否定しても無駄だよ～？』

なんてことだ。俺の煩悩制御システムはどうなっている!?

押し込めきれない俺の欲望が脳内で具現化した結果、小悪魔ネネカが生まれたのかもしれない。俺自身が気づかぬフリをしようとしている欲望を、小悪魔ネネカは気づかせようとしてくる。

こんなものを心の中に住まわせていたら、俺はいつか……煩悩に負けて紳士の道を踏み外してしまうんじゃないか……?

『ほら～……大貴ってば、お腹空《なかす》いたって顔をしてるよ～』

寧々花《ねねか》の顔をした欲望が、俺の脳内の秩序を乱す。

『食べたいのは、晩ご飯だけじゃないよね～? 無邪気な顔をして、男を惑わす気満々の格好をしている寧々花を食べたいよね～? あんな格好しておいて、何も起こらずにいられるとも思ってないって～。大貴の手で、男を本当に喜ばす方法、教えてあげたら～?』

俺と小悪魔ネネカを離れたところから見ていた煩悩たちが、ざわめいている。

小悪魔ネネカはクスッと笑うと、俺から離れて煩悩の一人に歩み寄る。

煩悩の頬をするっと指で撫でる小悪魔ネネカ。たったそれだけで、その煩悩は『小悪魔ネネカ様ぁ』と叫び、小悪魔ネネカの足を舐《な》め始めた。

小悪魔ネネカはそれで止まらない。

手近にいる煩悩たちの耳に息を吹きかけ、一瞬で骨抜きにしていく。

煩悩たちが次々に小悪魔ネネカを崇《あが》めだす。

こいつは危険だ。

煩悩たちを操って、俺を欲望のままに動く獣にしかねない。

慌てた理性たちが小悪魔ネネカの討伐に向かうが、小悪魔ネネカの口づけで、一人、また一人と煩悩に姿を変えられてしまう。

誰も小悪魔ネネカを止められない。

脳内勢力図が、煩悩に傾き始める。

猫耳ナース水着エプロンニーハイ寧々花を抱きしめたい。全身を撫でまわして、甘い声を上げさせたい。

我慢なんかしなくていいじゃないかと、誘惑される……。

――くっ……馬鹿なことを言うな!! 森田《もりた》大貴は……そんな誘惑に乗せられる男ではないわっ!!

気合いで煩悩を振り払おうとした時――ガシャンと何かがぶつかるような音が聞こえた。

「熱っ」という寧々花の声に、目が覚め、煩悩が霧散する。

瞬時に夢から現実に引き戻された俺は、反射的にキッチンに向かった。

「――寧々花!?」

コンロに置かれた鍋の周りに、お湯が飛び散っていた。

寧々花は胸の前で両手を握って、顔を歪《ゆが》めている。

「び、ビックリさせちゃってごめんね。パスタが茹で上がったからお鍋を動かそうとしたら、帽子がお鍋の中に落ちそうになっちゃって……。慌てたら、お鍋を落としそうになっちゃった……」

「手にかかったの？」

「ちょっとだけだから……」

「いいからすぐに冷やして」

寧々花の手を取って、水道の流水で冷やす。

ところどころ、赤くなっているように見える。跡が残らなきゃいいけど……。

「他にかかったところはない？」

「うん。あとは、エプロンのあたりだから大丈夫……」

寧々花の格好を改めて見て、ぞっとした。

もし沸騰したお湯の入った鍋を床に落としていたら、大変なことになっていただろう。

こんな露出の多い格好で料理をする寧々花を止めるべきだった。熱いお湯や油が跳ねた時に火傷《やけど》しやすい。

――まったく……俺は最低だ。

水着エプロンで料理する寧々花可愛いとか思っている場合じゃなかった。

危ないから服を着ようって言うべきだったんだ。

「痛む？」

「ううん、大丈夫そう。ちょっと赤くなっただけし、これならすぐ治るよ」

良かった。幸いなことに、寧々花の火傷は軽そうだ。

「パスタを引き上げるのは俺がやるよ」

「え？　でも、今日は私が……」

「でもまだちょっとヒリヒリするんじゃない？　無理しないで」

「あ……りがとう……」

寧々花はしゅんと落ち込んだ顔で、まだ手を冷やしている。

その横で俺はパスタをお湯から引き上げ、水で洗い、氷水で締めてからしっかりと水気を切る。

「このボウルに入っている具材と混ぜ合わせればいい？」

「うん……あと、オリーブオイル……」

「了解」

ボウルにはカットされたミニトマトなどの具材が入っているし、オリーブオイルも計量してあったから、パスタと混ぜ合わせるのは簡単だった。

「盛り付けも俺がやろうか？」

「……」

「……寧々花？」

「………私また、彼女らしいこと、ちゃんとできなかった……。私、彼女らしいことに向いてないのかな……」

寧々花の横顔を見ると、目が潤んでいた。

──『また、彼女らしいこと、できなかった』って……何の話だ？　前にも彼女らしいことができなかったような口ぶりだけど……。

それに、どうして『彼女らしさ』にこだわっているんだろう。

「……彼女らしいも何も、寧々花は彼女なんだから、わざわざ彼女らしくしようって考える必要はないと思うけど……？」

「……うん……」

寧々花を慰めようと頭をポンポンとしていると、寧々花がますますしょんぼりしてしまった。……逆効果だっただろうか。

「まずは、一回着替えてきたら？　盛り付けと片づけは俺がやっておくからさ」

「…………」

「寧々花……？」

寧々花は何も言わない。泣きそうな顔で、しょんぼり項垂《うなだ》れるばかり。

どうしたものか……。

「俺に何かしてほしいこと、ある？」

寧々花を元気づけたい一心で、そう聞いた。

すると、ようやく寧々花が口を開いた。

「何でも、してくれる……？」

「うん……寧々花が元気になるなら、可能な限り努力するよ」

「…………じゃあ、おにぃちゃん……ご飯の前にお風呂入るから手伝って……」

「え？」

肩を落とした寧々花が、ウルウルした目で俺を見つめる。

「…………もういいや、私、妹でいいや。今日はもう、彼女らしくするの、やめた……」

「え？　え？」

「着替えも手伝って……ご飯も食べさせて……」

「ちょ、いきなりどうした？」

「寧々花は妹だもん。おにぃちゃんが手伝ってくれないと、何もできません……」

先程まで彼女らしさを気にしていたのに、突如として寧々花の妹モードがフルスロットル。

アクシデントで心折れた寧々花が、甘えてくる。

「何でもしてくれるんだよね？」

そりゃあ……可能な限り努力すると言いましたが、これは努力で可能な範囲なのでしょうか。

「ね、寧々花はもう高校生なんだから、妹でもお風呂は一人で入ってください」

「じゃあ寧々花はもうずっとこのままここにいます……」

キッチンの隅っこに体育座りしてイジける寧々花。

放っておいたら本当にこのままここにいそうだ。

いくら夏だからって、水着エプロンのまま冷房の入った家の中にいたら、風邪をひきそうだし……や、やるしかないのか。

「おにぃちゃんに風呂入るの手伝ってもらって、後悔しないか？」

「しないもん」

「本当に？」

「本当に」

――えぇ……本当にいいのか？

時計の針の音がやけに大きく聞こえる。

一つ針が進むごとに、早く決断しろと急《せ》かされている気分だ。

俺が動かないので、寧々花も動かない。俺が動かなきゃ、きっと寧々花は動かない。

両者無言のまままいたずらに時間だけが過ぎていく。

晩ご飯完成直前のはずだったのに、なかなか晩ご飯の時間にならなくて、俺のお腹がぐうと鳴りそうになった。

お腹も空いてきた。仕方ない。ここは俺も……おにぃちゃんモードになって切り抜けるしかないか。

若干、自暴自棄っぽいんだが、あとで恥ずかしくなって泣いても知らんぞ
――俺は寧々花《ねねか》のおにぃちゃん。俺は寧々花のおにぃちゃん。俺は寧々花のおにぃちゃん。

心の中で三度唱えて、ふぅと息を吐いた。

よし。やるぞ。

「……分かった。このまま寧々花が動かないのは困るので、寧々花の言う通りにするよ。まずはどうすればいい？」

「お風呂連れていって。抱っこ」

待ちなさい。

妹モードなのは分かったけど、設定年齢はいくつなんだ？　五歳か？

抱っこを所望する寧々花は、床から立ち上がらないまま両腕を広げて俺を待っている。

甘えん坊レベルが爆上がり中なのは分かったが、自分が今どんな格好をしているのか忘

れていないか。水着エプロンの寧々花を抱っこしたら、俺は寧々花の素肌のあちらこちらを触ることになるんだが。

「おにぃちゃん、抱っこ」

寧々花が上目遣いで俺にお願いしてくる。

——猫耳ナースの帽子なんて被《かぶ》って、水着エプロンなんてものを着て、そんな可愛《かわい》く俺に抱っこをせがんで、俺をどうしたいんだ!?

俺の煩悩警報機が鳴り出す。が、俺は今、おにぃちゃんモードであらねばならないのだ。

おおお落ち着け……っ!

そうだ。もういっそ、寧々花は五歳だと思えばいい。

寧々花は五歳の妹。

おにぃちゃんが大好きで、甘えたがり屋だ。抱っこしてほしいと言うし、一緒にお風呂に入ってほしいと言うし、着替えを手伝ってほしいと言う。

しかし何も問題ない。なぜなら寧々花はまだ五歳だ。

小さな可愛い妹のためなら、おにぃちゃんは何でもできるぞ。

「分かった。はい、抱っこ」

寧々花をひょいっと抱き上げる。すると、視界が塞がった。

五歳の子どもを抱き上げるイメージで抱っこしてみたら、前が見えない。俺の前を塞いでいるのは、寧々花の胸下のあたりだ。

柔らかい。真っ暗だけど、幸せが見えた。

「お、おにぃちゃん」

いきなり目線が高くなった寧々花が俺の頭にしがみつく。

五歳とは思えぬプロポーションを持つ俺の妹は、その体を俺に押し付けてきた。

……いや、五歳じゃないんだよ。

俺が触ってしまっている寧々花の太腿《ふともも》の滑らかさ、弾力、瑞々《みずみず》しい女子高生のもので間違いない。

「はい、お風呂行きます……」

「ひゃい……」

寧々花の体をちょっとずらすと、何とか行く先が見えた。このままお風呂に行こう。

洗面所兼脱衣所に着いて寧々花を下ろすと、寧々花は少し赤い顔をしていた。

自分から言い出しておいて何を恥ずかしがってんですかね、この子は。

「おにぃちゃん、脱がしてください」

「それは自分でやったほうが良くないですかね……？」

「寧々花は、さっきお湯がかかった手がちょっとだけ痛くて脱げません」

「そうですか………じゃあ、おにぃちゃんが脱がせてあげましょう」

寧々花は俺の妹。五歳の妹。

そう自分に言い聞かせて、さっそく寧々花のエプロンを外す。そして寧々花の背後に回ると、水着も脱がした。真っ白いニーハイソックスも脱がしてやると、寧々花は裸になる。

何度見ても思うけど、寧々花は綺麗《きれい》だ。

寧々花の肌は白くて滑らかで、体のラインは美しく女性らしい曲線を描いている。お尻までマジマジと見そうになって、俺は自ら顔を背けた。閲覧自粛。

ご自由に見てどうぞと言わんばかりの状況だが、自分の精神衛生のためにも、見ないようにするの、大事。

「さてじゃあ、お風呂入ってらっしゃい」

「洗ってくれないの？　おにぃちゃん」

完全に振り向かず、肩越しに俺を見る。

流し目が色っぽくて、体の中央から熱が湧き上がる。

「あ、あ、洗うのもやるの？」

「だって寧々花は妹だから、一人じゃ何もできないもん」

妹だから一人じゃ何もできないは何か違わないか。

全世界には、立派に独り立ちしている妹さんたちがたくさんいるぞ。

するとなんと言ってやればいいものか悩む俺を見て、寧々花が目をウルウルさせてきた。

「おにぃちゃん、洗って？　手を動かすと、さっき火傷《やけど》したところがすこーしだけ痛いの……」

俺はこの目に弱い。

寧々花のウルウルした目に見つめられると、何でも願いを叶《かな》えてあげたくなってしまう。

俺の中の無償の愛を、捧《ささ》げたくなってしまう。

「あぁもう……分かったよ……」

全部脱いでからあれこれ押し問答して、寧々花が風邪をひいたらいけない。

最終的に丸め込まれてしまうなら、さっさと丸め込まれてしまえばいい。

俺は甘い兄だから、可愛い妹のワガママには逆らえないんだ。

観念した俺は上半身だけ服を脱ぎ、裸の寧々花の背を軽く押して風呂場に移動した。

うちの妹は五歳、うちの妹は五歳、うちの妹は五歳……。

心で呪文を唱える。

俺の前で風呂椅子に座っているのは、五歳の寧々花だ。

「はい、じゃあ髪から洗いまーす」

「お願いしまーす」

シャンプーを手に取って泡立て、寧々花の髪を洗う。

人の髪を洗ってあげるのは初めてだ。自分よりはるかに長い髪をどうやって洗えばいいのか、戸惑う。

「綺麗に洗えなくても文句言わないでくれよ」

「はーい」

四苦八苦しながらシャンプーをし、シャワーで洗い流す。

「流し足りないところはないですかー？」

「ないでーす」

美容師の真似《まね》をして声をかけると、寧々花が楽しそうに返事をした。

「おにぃちゃん、次はリンスとトリートメントをよろしくね？」

「はいはい」

分かっていたさ。シャンプーで終わらないことくらい。

うちの五歳の妹はおませで、女子力が高い。女子高生並みに髪の手入れにこだわるんだから困っちゃうよなぁ。

「さて、髪はこれでいい？」

「うん……」

……ってことは、いよいよ……体か。

寧々花の背中は、髪を洗う時に流れてきたお湯で濡《ぬ》れている。

うん。余計なことを考える前に、洗ってしまおう。

俺はボディータオルに石鹸《せっけん》をつけると、モコモコに泡立てた。寧々花の綺麗な肌を傷つけないように、無心かつ慎重に洗っていく。

『——素手で洗ってあげるのが一番肌に優しいのに、どうしてボディータオルを使うの～？』

無心で作業していたはずなのに、俺の精神に語り掛ける者がいた。

夕飯を待ちながらまどろんでいた時に夢の中で出会った小悪魔ネネカが、俺の脳内に再登場した。

『小悪魔ネネカ様！　小悪魔ネネカ様！』と興奮した様子で、俺の中の煩悩たちが騒ぎ出す。

——邪魔しないでくれないか？　人の体を洗うのに素手っておかしいだろ。

俺は自分自身の煩悩に向かって、心の中で返事をした。

寧々花と同居してから幾度となく訪れた厳しい煩悩との闘いにより、ついに俺は煩悩と対話できるようになってしまったらしい。たぶんこいつを言い負かした時、俺は悟りを開けるのだろうよ。

『本当はそうやって洗ってみたいくせに～』

——……。

くそぉ……反論できない。

小悪魔ネネカは、俺の中に存在する欲望の化身。俺よりも俺の欲望についてよく知っている。……こいつは強敵だ。

しかし、やってみたいことを全部行動に移していいかというと、違う。

脳を発達させ、飽くなき欲望を抱きながら、同時に欲を律する心を持つのが人間なんだ。どんな願望があっても、それが場にそぐわない行動であればセーブする。俺はいつまでも、そんな理性を備えた人間でありたい。

……そう頭では思っていても、小悪魔ネネカの登場から俺の中の煩悩たちがざわざわしていて、心が落ち着かない。

兄として、五歳の寧々花の体を洗うイメージを構成しようとしているのに、集中できない。

小悪魔ネネカは、集まってきた煩悩たちを愛《め》でるように撫《な》でながらクスクス笑う。

『――そのまま押し倒しちゃえば～？　服脱がせて、一緒にお風呂に入ろうって誘っていて、大貴《たいき》に何もされないなんて思ってないよ～。寧々花は誘ってるんだよ～』

まさに悪魔の囁《ささや》き。悪魔は自分の心に棲《す》むのか。

――寧々花は彼女らしいことができなかったフラストレーションで妹モードになっているだけだ。俺は兄モードとして応えるだけ。それ以上は何もない。

俺は淡々と、寧々花の腕を洗っていく。

『もう、真面目なんだから～！　真面目で紳士なのはいいことかもしれないけど、寧々花《ねねか》が両親のいない隙に、大貴との関係を進展させようと一生懸命頑張っているとしたら……無視していいの～？』

ドキッとした。

まさかのまさかのまさかだが、寧々花が本当に俺との関係を進展させようとして、誘惑の真っ最中だとしたら……俺はそれを兄対応で流していいのか。

それを流してしまうことは、寧々花の勇気や想《おも》いを踏みにじるのと同等の罪ではないか……。

煩悩たちが『そうだそうだ』と小悪魔ネネカに賛同する。

俺の心がぐらぐらと揺らいできた。

目の前には服を脱ぎ、体を洗わせている無防備な寧々花。

恥ずかしがり屋でピュアな寧々花がここまでするんだから、他に何か意図があってもおかしくない。妹モードと言っているのは照れ隠しで、本当はまだ彼女らしいことがしたいのかもしれない。

——そうか……やっぱりそうなのか。そうだよな……寧々花だってその気もないのに、俺を風呂に誘ったりしないよな……。

だとしたら、俺はまず寧々花を素手で洗うところから始めたほうがいいんじゃないか……？

『――そんな小悪魔の言葉なんか聞いちゃダメなのです！　寧々花はそんなこと望んでないのです！』

脳内にポンッと音を立てて現れたのは、天使のような衣装を身にまとった小さく愛らしい寧々花。キラキラと輝く光に包まれており、その光に触れた煩悩たちは浄化され、理性に変化した。

『俺は一体何を……』と茫然《ぼうぜん》と呟《つぶや》く理性たちに、天使ネネカが微笑《ほほえ》む。

その微笑みを見て、また何人かの煩悩が理性に変化した。

天使ネネカは、煩悩にまみれた俺の精神世界を浄化していく……。

『あなた……天使ネネカ！』

『ですです！　もうあなたの思い通りにはさせないのです！』

俺の脳内で、天使ネネカと小悪魔ネネカがバチバチ火花を散らし始める。

なんとここで、俺の脳内に理性の味方が爆誕した。

脳内に小悪魔ネネカが誕生してしまった時には、そのうち俺は誘惑に負けて寧々花に何かしてしまうんじゃないかと心配になったから、この展開はありがたい。

きっと天使ネネカは、小悪魔ネネカをセーブしてくれる。

そしてすべての俺の煩悩を理性に変化させることも可能なはずだ。

『さぁ、大貴。小悪魔ネネカは無視して、寧々花を洗うのです！』

——おう、任せろ。代わりにそっちは任せた。

頭の中がスッキリして、裸の寧々花を見ても何も思わなくなった。さぁ、可愛《かわい》い妹のためにさっさと洗ってしまおう。

俺は寧々花の首から鎖骨までを洗い、背中を洗い、背中から腰のあたりまでを洗った。

順調だ。さてお次は……体の前面か。

だがここで——俺の手は止まった。

——待て。寧々花の胸を洗うのはいいのか？

いくら自分を誤魔化そうとしたって、目の前にいる寧々花は五歳じゃなくて高校生。瑞々《みずみず》しい張りのあるボディーには、豊かな円丘が二つそびえている。

洗えば、触れてしまう。

『大貴、何をモタモタしているのです！　サッサと洗うのです！　洗い場に長居して、風邪をひいたら大変なのです！』

手を止めた俺は、天使ネネカから叱責を受けてしまった。

うーむ……考えていても仕方ないか。

何かを感じる前にささっと洗ってしまえばいいんだ。ささっとな。

ボディータオルを握り直し、寧々花のマシュマロバストゾーンに突入する。

洗おうとして軽く撫でただけなのに、ふにゅっとした感触が伝わってきて汗が出た。

「ん……っ」

「!?」

しかも寧々花が鼻にかかった息を漏らしたため、俺は慌てて寧々花から手を離した。

「ご、ごめん、痛かった？」

「え？　う、ううん！　痛くないよ。大丈夫」

「そう……？」

思ったより力が強くて痛かったのかと思ったが、そうじゃなかったみたいだ。

気を取り直して再びマシュマロバストゾーンに突入すると、寧々花がまた「んんっ……」と息を漏らした。

ほ、本当に、大丈夫だよな？　俺はこれでいいんだよな？　間違ってないよな!?

『ほらほら、乳房の柔らかさなんて気にしてないで、汚れを落とすことに専念するのです！』

――待て、天使ネネカ。俺は断じて寧々花の胸の柔らかさについてなんか考えてないんだ。誤解を生むような発言は止《よ》してくれないか。

『何でもいいから、洗うのです！　特にアンダーバストのところは汚れが溜《た》まりやすいからしっかりと洗うのです！』

――待て待て待て。何気に洗いにくいところ洗わせようとしないで!?

『でも洗わなきゃ、寧々花のお肌にトラブルが起きちゃうかもなのです！　夏は特に汗疹《あせも》になりやすいのです！』

くっ……俺が今日ちゃんと洗わなかったせいで、寧々花に汗疹ができてしまったら大問題じゃないか。

洗うしかない。寧々花のために、俺はアンダーバストをしっかり洗う！

「んふ……んん……んっ」

――天使ネネカさん、天使ネネカさん。寧々花が妙に艶っぽい吐息を漏らしている気がするんですが、これでいいんですよね？

『ちょっとくすぐったいだけなのです。気にせず洗うのです』

天使ネネカは気にせず洗えと言うが、寧々花の吐息があまりに色っぽいので、煩悩たちがざわめいている気がする。

天使ネネカは、俺の煩悩たちを静めるために存在するはずなのに、これでいいのか？

『くすぐったいところって、性感帯なのよね～』

ここで童貞を刺激する雑学をぶっこんでくる小悪魔ネネカ。

『小悪魔ネネカ様！　それでは今、寧々花は感じちゃっているということですか!?』と煩悩たちが小悪魔ネネカに群がる。

『そう、寧々花は今、感じちゃってるのよ～。大貴、もっと触ってあげて～。ボディータオルなんて要らないわ～……手が、大貴の手がいいの～』

『黙るのです！　小悪魔ネネカ！　手で洗うなんて破廉恥なのです！　寧々花は今、妹モードなのです！　大貴は兄モードを崩しちゃダメなのです！　寧々花の信用を裏切っちゃダメなのです！』

脳内で小悪魔ネネカと天使ネネカが喧嘩《けんか》をしている。両者一歩も譲らない。

天使ネネカが登場して脳内の制御がしやすくなり、穏やかに過ごせるようになると期待したが、かえって脳内の騒々しさが増した気がする……。

「――あの……大貴？」

「ん？　何？」

「もう……胸は、いいかな……」

「あ、ごめん!!」

脳内ワールドに気を取られていたら、ずっと寧々花の胸ばかり洗ってしまっていた。

寧々花もうっかり妹モードが解け、俺を名前で呼んだし……俺は洗うと見せかけて寧々花の胸を堪能する変態に思われただろうか。

なんだかドッと疲れた。が、まだ全部終わったわけじゃない。

サササッと寧々花の脚を洗って、泡を流していく。あとは寧々花が湯船に浸《つ》かるだけだ。

「俺、寧々花が湯船に浸かっている間に着替えてくるよ」

「うん、分かった……」

寧々花が湯船に浸かっている間、俺にはやることがない。だから自分の部屋に行って、濡《ぬ》れた服を着替え始めた。

部屋で一人になると、少し冷静になって、脳内で小悪魔ネネカと天使ネネカが喧嘩しているイメージが消えた。まったく我ながら想像力と妄想力が強すぎて参っちゃうぜ……。

「あぁぁぁぁぁぁぁ疲れた…………」

何とかここまで乗り切った。ただ他の人の体を洗ってあげるだけなら、こんなに疲れないと思う。疲れたのは、相手が寧々花だからだ。

肉体の疲労より、精神の疲労のほうが大きい。

——俺に体を洗わせて、寧々花はどんな気持ちだったんだろう……。

俺が寧々花を洗いながら悶々《もんもん》として、煩悩と理性の狭間《はざま》を行ったり来たりしていたことに、気づいていたんだろうか。

気づいてくれなくていいと思う気持ちもあるけど、気づかないのもどうなんだって気持ちもある。……寧々花は、五歳じゃないんだから。

疲れたせいか、思春期の男子に体を洗わせるという過酷なミッションを課した寧々花に対して、モヤッとした気持ちが芽生えた。

でもダメだ。この不満をぶつけるのはカッコ悪いぞ。

不満をぶつけるくらいなら最初から断れば良かったんだ。引き受けておきながら、後から文句を言うのは無しだ。

気分転換に深呼吸。四肢を大きく動かしてストレッチしてから一階に向かった。

俺が洗面所に戻ると、寧々花が風呂場から声をかける。

「おにぃちゃん、もう上がってもいい？」

「いいよ」

風呂場から出てくる寧々花を、バスタオルを広げて待ち構えた。

――ドアが開いて出てきた寧々花は白い肌がほのかに色づいていて、ぞくっとした。

こんな姿を俺に見せてしまうのは、俺を信用しているから？

それとも、俺の脳内でどんな闘いが起きているか知らないからできるのかな……？

風呂場から吐き出された熱気が、さっき忘れようとした感情を蒸し返す。

「おにぃちゃん、着替えさせてくれる？」

イケない妹だ。

本当の妹は、そんなに色っぽい顔で「着替えさせてくれる？」なんて言わないんだよ。

さっと寧々花の後ろに回って、バスタオルで包んで拭いてあげていると、このまま寧々花を抱きしめたい気持ちに駆られ――。

「お、おにぃちゃん……？」

――これはマズイのではと考える前に、俺の腕は寧々花《ねねか》を抱きしめていた。

バスタオル越しに、寧々花の柔らかな体軀《たいく》と滲《にじ》み出すような熱を感じる。

体から立ち上る湯気に石鹼《せっけん》の香りがして、寧々花を包むバスタオルに顔を寄せて息を吸い込んだ。

肺の奥まで石鹼の香りが満ちる。喉のあたりがぞわぞわした。

喉が渇いたと思いながら吸い寄せられた先は、寧々花の首筋。

俺は吸血鬼でも何でもないただの人間なんだけど、優しく咬《か》みつき、強く口づけたい衝動が芽生えた。

強く強く口づけたら、この白い首筋に俺の印がつくんだろうか。

首筋に唇を寄せて息を吐くと、寧々花がピクンと震えた。

「大貴《たいき》……？」

「…………………………ごめん。ちょっとのぼせたみたいで立ち眩《くら》んじゃった……」

「え!? 大丈夫!?」

「うん……」

寧々花の肩に額を乗せてもたれかかると、俺の具合が悪いと思った寧々花が慌てる。

「大貴はそこに座ってて！ 私、自分で着替えるから！ あ、先にリビングに行って涼ん

でてもいいよ！」

「あぁ……じゃあ、先にリビングに行ってようかな？」

「うん、そうしていて。無理させちゃってごめんね。私、着替えて髪乾かしてから行くから」

「分かった……じゃあ」

俺はお言葉に甘えて、先に洗面所から出ることにした。

廊下に出て、まっすぐにリビングに向かう。

ドアを開けると、エアコンに冷やされた空気が俺を優しく迎えてくれた。

ソファーまで辿《たど》り着けず、ドアを閉めてすぐ床にしゃがみ込んだ。

「――危なかった……」

危なかった。同居開始から今までで一番危なかった。

……素で、寧々花を襲いかけてしまった。

やはり寧々花を五歳だと思うなんて無茶があったんだ。

俺が着替えさせて、風呂で洗ってあげていたのは同じ学年の大好きな女の子。

いろいろ我慢しようとして綺麗《きれい》に我慢できるはずない。

俺は…………本気で寧々花が好きなんだから。

好きだからこそ、一線を越えないように死ぬ気で我慢もする。

でも好きだからこそ、何も思わず何もせずにいることはできない。

「はぁぁぁああああああ……何やってんだろ俺……」

数十分前、妹モードで甘え始めた寧々花に強く反対しなかった自分を、少し後悔した。


——それから約十分後、寧々花が着替えて髪を乾かし、リビングにやってきた。

ようやく晩ご飯の時間だ。

当初、寧々花と俺のランチョンマットは向かい合う位置に用意されていたが、今はいつも通り横並びに配置されている。俺の左隣が寧々花の席だ。

しかし寧々花は俺のほうにおへそを向けて座っていて、フォークにくるくると巻いたパスタを差し出している。

「大貴、あーん」

「あ、あーん………」

「ふふっ、美味《おい》しい？」

「ふぁい、おいひいれす………とっても」

「うふふ、良かったぁ」

俺は今、寧々花からの『あーん』を受けていた。

寧々花が隣に移動してくるのを見た時は、てっきり俺が妹モードの寧々花に『あーん』するものだと思ったが、違った。

どうやら寧々花は俺が洗面所で立ち眩んだことを心配して、体調を気遣ってくれている。

「もう立ち眩みは治まったし、自分で食べられるよ？」

「でも……今日もいっぱい迷惑かけちゃったし、お風呂入れてなんてワガママも言っちゃったから、お詫《わ》びがしたいの……」

しゅんとする寧々花。一人で着替えて髪を乾かしている間に反省していたのかな。

しかし寧々花に『あーん』してもらうのは嬉《うれ》しいんだけど、ちょっとくすぐったいような恥ずかしさがある。

俺も冷静さを取り戻したし、自分で食べられるのになぁとも思うが、寧々花がまたいじけるといけないから、ここは大人しく『あーん』してもらうことにしよう。

でも一回くらいは……。

「寧々花、あーん」

「んん!?」

俺に『あーん』された寧々花が顔を真っ赤にする。……反応が可愛《かわい》い。

「ううむ……ビックリしたよぉ……」

「ごめんごめん。俺が妹モードの寧々花に食べさせてあげる予定だったし、一回だけでもやってみたくて」

「『あーん』してもらうのって、ちょっと恥ずかしいんだね」

「もっとしてあげてもいいよ？」

「ううん！　私は大貴に『あーん』するほうが好きっ」

「そう？　もう妹モードはいいの？」

「うん………大貴も具合悪くなっちゃったし、今日はもういいの。甘えてばかりいないで、私もしっかりしないとね」

「本当に心配しないで。お腹《なか》が空《す》いていたのも、立ち眩んだ原因かもしれない。寧々花の作ってくれた美味しい晩ご飯を食べたからもう大丈夫だよ」

「うん。でも……今日は一緒に寝ようね」

「へ？」

寧々花と一緒に寝る？　なぜ??

………もうこれは完全に、一線越えに来ていますかね？

「い、一緒に寝るって、同じベッドで寝るってこと？」

「うん。大貴の体調がまたいきなり悪くなったらどうしようって、心配だから……」

寧々花の表情から、本当に俺を心配してくれているんだなと感じる。

あぁ、寧々花に下心はないのに、いちいち下心が反応してしまい申し訳ない。

「今日は一緒に寝よ？」

あぁもうその可愛さは何なんだ。このセリフだけで、ご飯三杯食べられるんじゃないかと思った。

俺はアホだ。この先にあるのが茨の道だと分かっているのに、誘惑に逆らえない。

さっき一緒に風呂で洗ってあげようとしたことを後悔したばかりだというのに、まだ懲りていないみたいだ。

服を着ているし、お互いに密着しなければいけるだろ……って安易な想像をしている。

好きだから………何かを我慢してでも、少しでも一緒にいたいと思ってしまう。

好きって気持ちは本当に厄介だ。

この気持ち自体、本能みたいなもので、理性でコントロールできない。

「…………分かった……」

「うん、じゃあ全部片づけたら、枕持って大貴の部屋に行くからね！」

「お、おう……」

一緒に寝ることを承諾した俺に向かって、寧々花が微笑《ほほえ》む。

そこにあるのは、夜も俺と一緒にいられるなんて嬉しいって気持ちだけだろう。

——参ったなぁ。俺も寧々花ぐらいピュアだったら良かったんだけど。

汚れっちまった悲しみに——。

急に有名な詩人の歌が脳裏をよぎった。

俺なら、今日も降りかかるのは小雪じゃなくて煩悩だ。


その夜。俺と寧々花は、俺のベッドで手を繋《つな》いで眠った。

二人で同じベッドに寝るなんて、両親が帰ってこない夜にしか挑戦できないことだ。今日は実にいい体験をしたと思う。

一緒に眠ろうとすれば、無邪気な寧々花はすーすー気持ち良さそうに眠り、俺は目が冴《さ》えて全然眠れないってことも、挑戦してみなければ分からないことだ。

いや、事前に予想できただろって自分にツッコみたくなるけど、予想通りに物事が運ぶかどうかなんて、やってみないと分からないじゃないかと言い訳しておく。

——にしても、マジで眠れないな……。

夏期講習もあったし、帰るまでぶらぶら歩いてきたし、帰ってからもハプニング続きで疲れたし……寧々花が隣にいても意外と眠れるんじゃないかって思っていたんだけどな。

仕方なく、俺は寧々花に握られた手をそっと外し、ベッドに横になりながらルームライトの淡い明かりを頼りに参考書を読むことにした。

いつも勉強しようとすると眠くなるんだ。それなら勉強すれば眠れるんじゃないかと思った俺は天才のはず…………なのに、おかしい。全然眠くならないんだけど。

隣から聞こえる寧々花の寝息。甘い香り。

気にしないようにしても、気になってくる。

こういう時はたぶん、眠ろう眠ろうと考えるとますます眠れなくなるんだ。

――眠れないなら逆に好都合。このタイミングでしっかり勉強してやるわ。

そのまま日付が替わるまで参考書を捲《めく》っていると、隣で寧々花がもぞもぞと動いた。

「――大貴？……眠れないの？」

「あ、起こしちゃった？　ごめん、少し勉強してから寝ようと思って」

「そっか……偉いね、大貴。よしよし」

寧々花がとろんとした目のまま、俺の頭をよしよししてくれる。

「……偉いね、大貴。いつもしっかりしていて、偉いね……。いつもしっかりしているから、だから私、つい大貴に甘えたくなっちゃって……いつもごめんね……」

やたら褒めてくれるなと思ったら、最後のほうは少し悲しそうだった。

「なんで謝るの？」と聞こうと思ったけど、寧々花がすり寄ってきて言葉が出なくなった。

柔らかくて、温かくて、大きい猫みたいで……か、可愛い……。

思わず頭をよしよしすると、寧々花が本当に猫みたいに顔を擦りつけてきた。

「大貴……好き……ずっと一緒にいてほしい……」

そう言ってすぐ、すーすーと規則正しい寝息が聞こえてきた。

寝ちゃった……みたいだ。寝惚《ねぼ》けていたのかも。

──寝惚けていても『好き』って言うくらい、俺のことを好きでいてくれるのかな。

俺はルームライトの明かりを消すと、すり寄ってくる寧々花《ねねか》を抱きしめるようにして目を閉じる。

「うん……俺も好きだよ」

ようやくやってきた睡魔が、俺の思考スイッチをゆっくり止めていく。

余計なことを考える力がないせいで、ただただ寧々花を抱きしめる心地よさだけを感じられた。

──俺も、いつもこうやって抱きしめるだけで満足できればいいのにな……。

俺にぎゅぅぅぅぅって抱きついて、俺の香りに包まれるだけで、『幸せ～』ってなれる寧々花が羨ましい。

こんなに一緒にいるのに、もっともっとくっつきたいと思う自分を『欲張りだよね』って言った寧々花の謙虚さを見習いたい。

いつも欲を持て余して、一人であたふたしているのは俺だけなんだ。

──寧々花を悲しませないように、俺がしっかりしないとな。

今は仲のいい兄妹として振る舞い、大学生になって一人暮らしをしてから付き合ったことにするんだ。同居している間に俺たちが信用にたる関係でいれば、大学生になって付き合い始めたと言っても、両親はきっと俺たちの交際を受け入れやすいだろう。

それでみんな、穏やかに幸せを受け入れられる。全部スムーズにいくはずだから。

今は……俺が我慢すればいいだけの話だ。

これから先、寧々花とずっと一緒にいるために、今だけ我慢していればいい。

「おやすみ、寧々花」

囁《ささや》くと、寧々花が眠りながら幸せそうにふふっと笑った。

そして俺も、眠りについた。


翌朝、カーテンの隙間から差し込む日の光で目を覚ますと、寧々花はまだ俺にくっついて眠っていた。

可愛いなぁと思いつつ頭を撫《な》でると、寧々花がさらにすり寄ってきた。

俺にくっついて、寧々花がもぞもぞと動く。

もぞもぞ動く振動で、俺のエマージェンシーランプが点灯するのを感じた。

あ、マズイ。寧々花、ちょっと朝は、男性特有の硬化現象が起きているんだ。そんなにもぞもぞされると……！

「ん……？　お布団の中に何かある……？」

違和感を覚えて目を覚ました寧々花が、寝惚けた顔で布団の中を探る。

俺は慌てて腰を引いて、俺のボルケーノに寧々花の手が届かないようにする。が、寧々花は布団の中の秘密が気になるようでさらに奥へと探索を進める。

そしてついに寧々花の手が秘境へと辿《たど》り着いた。

布二枚隔てた先には、熱を帯びた猛々《たけだけ》しい俺のボルケーノ。

それを…………寧々花は容赦なく握ってきた。

「ぬおあえいうおぉぉぉぉ」

「え？　え？　何？」

何ということでしょう。

無邪気な冒険者から予想外の接触を受け、俺の口から言葉にならない叫びが噴出した。

「どうしたの？」

「寧々花さん、それはあの、俺のボルケーノなので、強く握ったらダメなやつです……」

うっかりすると、噴火します。

「大貴《たいき》のボルケーノ？」

寧々花が首を傾《かし》げ、約三秒後にハッとして俺のボルケーノから手を離してくれた。

「す、すみません！　お布団の中に固いものがあったので、私か大貴のスマホが紛れこんでしまったのかと……！　ご、ご子息がボルケーノになっちゃうなんて、私、もしかして寝ている間に大貴に何かしちゃった？」

あわあわと寧々花が慌てる。

無意識に俺の息子を刺激するようなことをしたのかと、不安になったみたいだ。

まぁ一緒にベッドに入っただけで俺の息子が変身する可能性もあるんだけど、今回は寧々花が原因じゃなくて……。

「……寧々花は何もしてないよ。ただ男は朝に火山活動が活発になり、ボルケーノがボルケーノしちゃう生き物なだけだから……気にしないで……」

「あ、分かりました……ごめんね、強く握っちゃって」

「──!?」

「ごめんね」と言いながら、寧々花が俺のボルケーノを優しくよしよししてきたので、俺は息を止めて歯を食いしばった。

──……そのお気遣いは…………無用です…………。

お嬢さん……キミ、分かったって顔をしたけど男のボルケーノの生態がまるで分かっていないな。強く握ったら痛かっただろうから、痛みが和らぐようによしよししてくれたんだろうけど、それ、間違っているんだぜ。その行為はボルケーノの取扱説明書でも、よほどの覚悟がない限りやめておくように、注意マークをつけて書いてある項目なんだからな。

正しい対処法は、触れない、触らない、接触しない……だ。

気を紛らわせようとしたら、心の声の口調がおかしくなってしまった。

「じゃあ……朝ご飯は私が用意しておこうか？」

「あ、ありがとう……俺、トーストがいいなぁ……」

「了解。トースト焼きながら、先にリビングで待ってるね」

顔を赤くした寧々花が、パタパタと足音を立てて部屋から出ていく。

俺は寧々花がいなくなった部屋でホッと息を吐いた。

両親が帰ってくるのは夜の九時頃の予定。それまで俺たちはまだこの家に二人きりだ。


朝食にトーストを食べながら、俺と寧々花はぎこちなく会話をしていた。

「今日も夏期講習があるけど、私、帰ってきたら家の掃除とかしようかな。お父さんたちが帰ってくるまでに、リビングとか綺麗《きれい》にしたいし」

「じゃあ俺が今日は晩ご飯の材料の買い出しに行ってくるよ。母さんたちは帰りが遅いし、たぶん食べるものは自分たちで買ってくるだろうから、二人分でいいよね？」

「うん、いいと思う。一応あとでお父さんにメッセージを送っておくね。自分たちのご飯は自分たちでよろしくねって」

「あの……私たちの晩ご飯のことだけど、簡単に食べられるものでいいよ？　お惣菜《そうざい》を買ってきてもいいし」

「そう？　じゃあ……なんかスーパーで美味《おい》しそうなお惣菜が売っていたらそれにしようかな……」

「了解、ありがとう」

何となく会話するのが照れ臭いのは、俺のボルケーノのせいか。

それとも一晩同じベッドで過ごして、次の日の朝一緒に食事をする光景が、一夜を共にした男女の図に似ているからだろうか。寧々花の顔を見るのがちょっと恥ずかしい。

それは寧々花も同じようで、俺たちはお互いに少し視線をずらしながら会話していた。

「寧々花は夏期講習、順調？」

「うん……苦手だったところも丁寧に教えてもらったし、イイ感じかな。大貴は？」

「俺も……まずまずかな」

「そっか……。塾の先生が、受験まであと何日って毎回大きな声で言うからプレッシャーも感じるんだけど、ここを頑張って合格が近づくといいよね……」

「うん……」

俺も寧々花も、目指している大学は同じだ。俺が目指しているのは社会学部で、寧々花が目指しているのは文学部。学部は違うけれどたまたま同じ大学に惹《ひ》かれていたから、去年は、図書委員の仕事をしながらお互いの志望大学についてもよく話していたものだ。

あの頃は、『大学生になったら寧々花ともっと仲良くなって、同棲《どうせい》なんてしちゃったりして……』と妄想していた。

ところがその前に同居することになってしまったから、本当に人生は何が起きるか分からないものだと思う。

「あのさ……今日は母さんたちも帰ってくる日だし……普通の格好で掃除していてくれると嬉《うれ》しいなぁ」

「もももちろんだよ！　もう、あんな格好で家事はしないから！　うん！」

真っ赤な顔で、寧々花が何度も頷《うなず》く。

「そ、そっか……ごめん」

「ううん、いいんだけどね！　昨日、ビックリさせちゃったのは私のほうだし！」

寧々花は昨日のことを思い出して恥ずかしくなったのか、そわそわしていた。

あえて言う必要はなかったみたいだ。

ついつい今日も寧々花が彼女らしいことをしたいと思い立って、またすごい格好で掃除をしていたら……と想像しかけた俺を許してほしい。

夏期講習の帰り道。俺は近所のスーパーに寄って惣菜コーナーを物色していた。

強く惹かれたのはメンチカツ。

ここのスーパーのメンチカツは肉に味がしっかりついていて、美味しい。そしてこのメンチカツを、カツ丼を作る要領でメンチカツ丼にするとまた美味しいのだ。寧々花と同居を始めてから一度も作ったことがないし、食べさせてあげようかな。

家に玉ねぎと卵はあるから、メンチカツさえ買って帰れば簡単に作れる。それからデザートにカップのアイスでも買って帰ろう。

レジで会計を済ませて家に向かう。

八月の日差しの下、保冷バッグに入っていないカップアイスのタイムリミットはいかほどだろうか。気になって、早足になる。

暑いからアイスって安直な発想で手を伸ばしてしまったけれど、厳しかったかもしれない。

もし帰るまでにドロドロに溶けてしまったら、食パンを溶けたアイスに浸して、その食パンを焼いてフレンチトーストを作るのもいいか。

あれこれ考えながら急いで家に帰り、鍵を開けて中に入った。

「ただいまー」

返事がない。姿も見当たらない。

「あ……まずはアイスを冷凍室に避難させないと」

寧々花《ねねか》がどこで何をしているのか気になるが、アイスを冷凍室に入れるのが先決だ。袋から取り出したカップアイスは汗をかいていて、容器はお店にあった時より柔らかくなっているけど、まだ冷たい。このまま凍らせ直すことにした。

それから手洗いをするために洗面所に向かうと……風呂場のドアが開いていて、中に寧々花を発見した。水を抜いた浴槽の中に入って、ごしごしと壁面を洗っている。

寧々花は何でも一生懸命やるけど、掃除も一生懸命やってくれるんだよなぁ。こういうところを見ると、改めて好きになって良かったって思える。

「お疲れ様、風呂掃除ありがとう」

俺が声をかけると、寧々花が振り向いてニコッと笑う。

「あ、大貴！　おかえりなさい」

瞬時に俺の意識は、寧々花の服のほうに引きつけられた。

上は制服の半袖のワイシャツで、下は私服の短パン。見慣れない組み合わせだが、別にすごく変だというわけでもない。昨日の属性が大渋滞しているコスプレに比べたら、明らかに普通の服の範囲に収まる。

俺が気になったのは……ワイシャツの胸のあたり。風呂掃除中に水がかかったようで、濡《ぬ》れて貼り付いたワイシャツから下着が少し透けていた。

これが噂《うわさ》の、濡れシャツか。シャツが水に濡れることで、本来見えないはずの下着や素肌が透過されてしまっている。

実にセンシュアルだ……。

「暑いからお風呂掃除が気持ちよくて、つい張り切って隅々まで掃除しちゃった」

爽やかな汗をかいている寧々花はきっと、自分の下着が透けていることなんて気づいちゃいない。

ここは俺が反応しちゃいけないところだ。

あー今日は水色だって思うだけにしておこう。

「すげー綺麗になったなぁ。お義父《とう》さんたちも、帰ったらお風呂が綺麗になってるーって喜ぶんじゃない？」

「えへへ、そうかなぁ」

「うん、寧々花が頑張っただけあるよ。……じゃあ俺は晩ご飯の準備しておくから、寧々花も程よいところでお風呂沸かして先に入っていいよ。暑いのは分かるけど、そのままでいて風邪ひかないようにな」

「はーい」

手洗いうがいを済ませて洗面所を出た俺の背後で、寧々花の「んにゃ!?」という変な声が聞こえてきた。

何が起きてそんな声を上げたのか分からないが、おそらく自分の下着が透けていることに気づいたんじゃないかな。

寧々花はお父さんと二人暮らししている期間が長かったし、家に一人でいる時は細かいことを気にせずに生活していたんだと思う。ビショビショになりながらお風呂掃除も当たり前だし、下着が透けていたって不都合はなかったはずだ。

きっとこういう小さな失敗を積み重ねて、寧々花の危機意識が上がっていくと思うので、今回俺は何も見なかったことにしようと思います。

……俺も全裸で風呂に行って全裸で部屋に戻る習慣のせいでご迷惑をおかけしたことがあるし、お互いのうっかりはお互いに目を瞑《つぶ》っていく必要があるんだ。


俺はメンチカツ丼の準備を終え、暇つぶしにリビングでテレビを見ていた。

寧々花はまだリビングに来ない。まだ入浴中だろうか。

待ちくたびれて欠伸《あくび》が出てきた頃、ようやく寧々花がリビングにやってきた。

「お、お風呂お待たせ……」

どことなく気まずそうだ。さっき下着が透けていたことが俺にバレていないか心配しているみたいである。

俺は何も気づいていない体を装って、明るく声をかけた。

「じゃあ、次は俺が入ってくる。お腹空《なかす》いてるなら先に食べていいけど」

「美味しそう！　これ、カツ丼？」

「メンチカツ丼。メンチカツはスーパーで買ってきたやつだけど」

「わぁ、食べるの楽しみ！　大貴《たいき》が上がってくるまで待ってるね」

「うん、じゃあなる早で入ってくる」

なんだこれ。完全に同棲中のカップルの会話じゃないか。

風呂場に向かいながら一人でニヤけてしまった。

同級生には彼女がいる奴《やつ》だって少なからずいるけど、俺たちのような会話をしているカップルはそうそういないはずだ。まだ俺たちは高校生だし、交互に風呂に入るってシチュエーションも普通に体験できることじゃないから。

——しかしそれも今夜までだ。

両親が帰ってきたら、俺たちは義理の兄妹として過ごす時間が増える。

交際中であることがバレないように、恋人タイムは両親に隠れてしなきゃいけない。

シャワーを浴びながら今回の留守番中の出来事を思い出し、少し寂しい気分になった。

夏期講習に行ったし、家のことも自分たちでやったし、それなりに忙しかった。

両親がいる時にはできないことを、たくさんした。

達成感と背徳感と幸福感が心の中で入り乱れている。

本当は、まだ寧々花と二人で過ごしていたいと思う自分がいる……。

風呂を出て着替えてからリビングに戻ると、寧々花がテレビから俺に視線を移した。

「おかえり、大貴」

「うん、お待たせ。晩ご飯にしようか」

「うん！」

向かい合って晩ご飯を食べて、デザートにアイスを出した。すると寧々花が「あっ」と声を上げる。

「大貴、昨日買ってきてくれたロールケーキ、まだ食べてないよ！」

「あ、そうだった！　さっき卵取る時に冷蔵庫開けたのに、全然思い出さなかった！」

昨日、寧々花と一緒に食べようと思って買ってきたロールケーキはドタバタの中、すっかり忘却の彼方《かなた》へ飛んで行っていた。

冷蔵庫を開けた時にも全然気づかなかったし、寧々花が思い出さなければ賞味期限が切れるところだった。

「じゃあ賞味期限もあるし、アイスじゃなくてロールケーキ食べようか？」

俺が回収しようとすると、寧々花がぎゅっとアイスのカップを握ってキープし、おずおずと切り出す。

「大貴くん……どっちも一緒に食べるというのは……ダメでしょうか……？　二人で頑張って、両親の留守を乗り切ったご褒美として……ね？」

「ははは。いいよ、そうしようか」

俺が笑いながら同意すると、寧々花の顔がぱあああっと明るくなった。

さっそくお皿に盛り付けたロールケーキにアイスを添えると、まるでカフェで出てくる一皿みたいになる。フォークで掬《すく》ったアイスをロールケーキの欠片《かけら》に乗せて頬張ると、寧々花が「うーん」と幸せそうに笑った。

「美味《おい》しい！　幸せー。……あーでも、もうすぐ二人だけの時間も終わりだね」

寧々花ももうすぐ二人きりの時間が終わってしまうのが寂しいようで、少し残念そうだ。

「そうだね……次はいつこんなチャンスがあるかなぁ。まぁ、母さんたちが二人で出かけるタイミングはいくらでもあるけど」

「うん、でもこんなに長く二人きりなのは初めてだったね」

「今のうちに、何かしたいことはある？」

俺が聞くと、寧々花は目をぱちくりさせた。

「そ、そうだなぁ……何がいいかなぁ……大貴と二人きりのうちにしておきたいことだよね……」

昨日から今まで、恋人らしいことはたくさんしたつもりだ。

寧々花のきわどいコスプレ衣装姿も見せてもらったし、寧々花の手料理も食べさせてもらった。寧々花と一緒にお風呂に入ったり、一緒にベッドで寝たり、恋人イベントはかなり豊富に楽しませてもらった。

俺としてはかなり満足しているんだけど、寧々花はどうだろうか。

彼女らしいことができなかったと落ち込んでいた時もあったし、今のうちにしたいことがあるならやりたいと思う。

「特にないならいいんだけど……」

「ううん。じゃあ……ちょっと、聞いてもいい？」

「うん？　何？」

俺に聞きたいことって何だろう。

質問が来るのを待っていると、「大貴は……」とまで言って、寧々花の言葉が止まってしまった。

口をもごもごさせて、言い淀《よど》んでいるように見える。

そんなに聞きづらいことなのか。寧々花が妙に緊張しているように見えるから、俺も少し緊張してきた。

「何か聞きたいことがあるなら、遠慮なく聞いてくれていいけど？」

「う、うん……その、ね……大貴は……」

ふぅと息を吐いて、また吸って、寧々花が続きを口にする。

「…………私が彼女で良かったと、思う？」

「え？」

改まって何を聞きたいのかと思えば、そんなことか。

なんだかもっとすごいことを聞かれると思った俺は、拍子抜けした気分だった。

「思ってるよ。思ってるに決まってるじゃん」

軽く答えてから、疑問を抱いた。

——寧々花はどうして、改めてこんなことを聞きたくなったんだ？

そんなことをわざわざ聞くのには意味があるんじゃないかと考えたら、不安になってきた。だって、俺に質問する寧々花は、ひどく心配そうだったから。

寧々花は『彼女で良かった』と思われているか心配だったから、わざわざ俺に聞いたんじゃないか…………？

「……あれ？　俺って、寧々花が彼女で良かったって思ってないように見えてた？」

「あ、ううん！　そういうことじゃないんだけど！　ごめんね、変なこと聞いちゃって。もう大丈夫。ありがとう」

「……う、うん」

寧々花は俺の疑問を慌てて否定したが、どうしてそんな質問をしたのかは言わなかった本当に、そういうことじゃないのか？

すごく引っ掛かった。よく分からないけど、胸のあたりがモヤモヤする。

——もしかして、俺って寧々花《ねねか》を不安にさせていた？　寧々花のことをちゃんと大事にできてなかった？

寧々花が不安になった原因はどこだろうかと、思いを巡らせる。

昨日の晩ご飯作りの時だろうか。

いや、そもそも寧々花が彼女らしいことをしたいと考えたのは、俺が不安にさせたせいだったのかもしれない。だって、ただ彼女らしいことをしたかっただけなら、ちょっと上手《うま》くいかなかったくらいであそこまで落ち込むこともないだろうし。

……だとすると、原因は両親の旅行のもっと前にある？

俺は寧々花とカップルとして上手くやれていると思っていたけど、それは俺の独りよがりだったんだろうか。

ヤバイ。急に不安になってきた。

二人揃《そろ》って沈黙し、気まずい空気が流れた。

——ピコンッ。

突然鳴ったのは、スマホのメッセージの受信音だ。

スマホを手に取ってメッセージを開くと、送り主は母さんだった。

「あ、母さんからだ」

「何の連絡？」

「……空港近辺の天気が悪くて、予定の飛行機が飛ばなかったんだって」

「え？　大丈夫かな……？」

「……書いてある感じ、取り敢《あ》えず大丈夫そう。遅い時間の飛行機に乗れることになったって。ただ家に到着するのが真夜中近くになりそうだから、ちゃんと戸締まりして寝て待っていて……だって」

「そっか…………じゃあ、そろそろ食器を片づけようか」

「うん」

さっきまでの話を終わりにして、俺たちは食べ終えた食器をキッチンに運ぶ。

並んで食器を洗っている間も、寧々花は話の続きをしようとしなかったから、俺も何も言わないことにした。

「おやすみ」

「おやすみ」

家事が済むと、すぐにお互いの部屋に分かれた。

「おやすみ」と言ったが、まだ寝るには早い時間だ。

勉強をしてもいいし、息抜きをしてもいい。もちろん寧々花とお喋《しゃべ》りをすることだって可能なんだが……寧々花が一人になりたそうだったから、大人しく俺も部屋で過ごすことにした。

——寧々花は一体何が不安なんだろう。

両親の旅行中、寧々花は楽しそうだったと思う。でも時々、悲しそうな顔をしていたのは、何故《なぜ》だったんだろう。

寧々花は、何か悩んでいる。否定したけど、本当は俺に大事にされていない気がして、自分が彼女になって良かったのかと悩んでいるのか。

本当に、大事にしているつもりなんだけど……。

つもりだから、ダメなのか。

しかし、寧々花を大事にできていると言い切るのも難しい。それこそ寧々花が本当に大事にされていると感じていなければ、俺が大事にしていると思っているのはただの自己満足だ。

「はぁ……分からないなぁ。俺、寧々花のことちゃんと大事にできてないのかな……」

時間もあるし勉強しようかなと思ったが、参考書とノートを開いたところでやる気が空っぽになっていると気づいた。まったくシャーペンが進まない。

ダラダラとスマホを見ていたら、あっという間に二時間経《た》っていて、俺は勉強を諦めて寝ることにした。

電気を消してベッドに転がってから、またしばしスマホを眺める。

カップルの痴話喧嘩《ちわげんか》の話や、男女の違いを考察した発言。SNSを眺めて何か分かったような分からないような曖昧な気持ちになりながら、気づけばまた二時間くらい経っていて――――両親がガチャガチャと玄関の鍵を開けて帰ってくる音が聞こえた。

――翌朝。

旅行から帰ってきた母さんに真っ先に聞かれたのは、「お母さんたちが旅行中、何か困ったことはなかった?」だった。

「特になかったよ。いつも通り普通に過ごしてた」と白々しく返事をする俺に、母さんは「そう、なら良かったわ」とだけ言い、あとは寧々花のお父さんとの新婚旅行がいかに楽しかったかを語り始めた。

母さんは、俺たちが何をしていたか知らない。

母さんはエスパーでも心を読む妖怪でもないから、何も気づかれなくて当然なんだけど、それでも何もツッコまれなかったことに安心して、俺はほっと息を吐いた。

幕間……side寧々花……

由々《ゆゆ》しき事態だ。緊急会議を開く必要があるほど、由々しき事態だ。

両親が新婚旅行に行っている間、私は大貴《たいき》に彼女らしいことをしてあげたいと思って頑張ってみた。男の子の夢がいっぱい詰まった格好をして、手料理を振る舞えば、大貴はドキドキ最高潮！

『寧々花は最高の彼女だ！　寧々花を彼女にして良かった！』

…………って、思ってくれると思っていたのに……。

結果は、全然上手くいかなかった。

コスプレ姿で玄関までお出迎えに行った時は、大貴もドキドキしてくれたと思う。ところが私がうっかり熱湯を跳ねさせて火傷《やけど》しそうになると、大貴は私を心配してしっかり者のおにぃちゃんになった。

そして私は、頼りない妹。

ドキドキ作戦が失敗して悔しかった私は、そこからさらに子どもじみた真似《まね》をしてしまった。——上手に彼女らしいことができないからって、妹モードになってしまったのだ。

脱がせてだの、お風呂で洗ってだの、我ながらすごいワガママを言ったと思う。

……でも大貴は、そんな私のワガママも受け入れて、優しくしてくれた。

きっと呆《あき》れたと思うの。もう高校三年生なのに、何を馬鹿なことを言っているんだって。

それを口に出さない大貴は、とてもオトナだ。

私なんかとは違ってオトナだ。

——そして、そこで由々しき事態が起きていた。

服を脱がしてくれたのに、お風呂で体を洗ってくれたのに……大貴ってば、ノーリアクションだった。

いつもの大貴なら、ご子息が七変化してドタバタするのに、何もなかった。

まさか大貴のご子息は、私の裸を見慣れてしまったのかな……。

プールの帰り、満員電車で密着した時は大貴のご子息が特急列車になっていたのに、私を洗っても変身しないなんて…………原因は二つ予想される。

一つは、大貴が完全におにぃちゃんモードだったから反応しなかった。

もう一つは、彼女としての魅力が薄れてきたから反応しなかった。

あぁぁぁ由々しき事態だ。

だってきっと両方とも正解なんだ。

大貴は私を彼女として見られなくなった。だけど兄として私のワガママを聞いてあげようと思った。うん、こんなんじゃ大貴のご子息だって私を無視するよね。

さらに無理に私のお風呂に付き合ってくれた大貴は、のぼせて具合が悪くなっちゃったみたいだし……私の彼女としての株は下がる一方だ。

晩ご飯を『あーん』してあげても、一緒に寝て何かあったら助けてあげようとしても、下がった株を戻すことはできそうになかった。そんなに簡単に、彼女としての株は回復するものじゃないよね。

――そうやって悩んでいたから……朝起きて大貴のご子息がボルケーノしていた時は、ちょっとホッとしたの。もしかして、また私に反応してくれたのかなって。

……でも違った。

そうだよね、私だって聞いたことがあるよ。男性は朝に火山活動が活発になって、別に何があったわけでもなくボルケーノがボルケーノしちゃうんだよね。生理現象なんだよね。

大貴のご子息は、私に反応しないままだ。

その日、お風呂掃除していた私は、濡《ぬ》れたワイシャツで下着が透けていたことに気づかず、呑気《のんき》に大貴と話していた。だから、透けていると気づいた時はビックリして声が出ちゃったんだけど……大貴はなんで何も言ってくれなかったんだろうって思ったら血の気が引いた。

透けさせていたのは、わざとじゃない。わざとじゃないんだけど……『寧々花、透けてる……！』とか言ってくれてもいいんじゃないの？

気づいてなかったの？　本当に？

それとも……もう私の下着が見えていることなんてどうでも良かった⁇

――そして極めつけは、晩ご飯後の会話だ。

『――大貴は………私が彼女で良かったと、思う？』

勇気を出して聞くと、大貴はあっさり答えた。

『思ってるよ。思ってるに決まってるじゃん。…………あれ？　俺って寧々花が彼女で良かったって思ってないように見えてた？』

不安そうに聞き返す大貴を見て、焦った。

『あ、ううん！　そういうことじゃないんだけど！』

すぐに否定したけど、大貴は複雑そうな顔をしていた。

あぁ本当に私ってば、最低だ……。

勝手に何に不安になっていたんだろう。

大貴は私をいつも大事にしてくれるのに。彼女にしなければ良かったなんて思うはずないのに。不安そうな大貴を見れば、大貴が私のことをまだ彼女として見てくれていたことが分かる。

でも……私が変な質問をしてしまったせいで、大貴は自信をなくしてしまったように見えた。

最低だ。私は大貴を傷つけた。

『私が彼女で良かったと思う？』って質問は、私の甘え。

ただ、『思ってるよ』って言葉が聞きたかっただけ。私が安心するために聞きたかっただけ。

私が彼女で良かったのか不安になっているのは、私自身だ。

こんなに素敵な人の彼女が、私でいいのかなって夏休みになってからずっと不安になっている。

――これは私のワガママ。私はね、大貴の彼女なんだって自信が持ちたかったんだよ。プールの時にはたまたま妹に見られたけど、私はちゃんと大貴の彼女としてしっかりやれている。だから周りの人に何を言われても気にしないって、自分で胸を張れるようになりたかったんだ……。

両親が旅行に行っている間、彼女らしいことをして大貴を喜ばせて、私って彼女としてちゃんとやれているって実感が欲しかった。それで上手《うま》くいかなくて一人でいじけているんだもん……大貴には意味が分からなかったよね。

私の個人的なモヤモヤだったのに、結果として大貴を巻き込んでしまった。

それから気まずくなって、その話は終わりにしてしまった。

きっと私が蒔《ま》いたモヤモヤの種は、大貴もモヤモヤさせていると思う。

あんな変な質問をしたのは、大貴が私を不安にさせているからじゃないの。
ごめんね、逆に不安にさせちゃってごめんね。
――あぁこういうところが本当に、彼女らしくない……。
自分の作ったトゲが自分に刺さって痛い。
私はもっと、大貴の彼女らしくなりたいよ。
大貴が自慢できるような、彼女になりたいよ。

第三章

夏休みが終盤になった。

同じ大学を目指す男友達と志望大学のオープンキャンパスに行って、「来年はここに通えているといいなぁ」なんて思う受験生らしい行事も済み、あとは夏休み明けの実力テストも意識しながら勉強に励むだけだ。

ちなみに寧々花《ねねか》も同じ大学を目指しているが、寧々花は学校の女友達と別の日にオープンキャンパスに参加した。……俺と寧々花は同じ委員会に所属していて、仲がいいことを周りのみんなも知っている。しかし、夏休みに予定を合わせて同日のオープンキャンパスに参加しようとする男女は、何かあると思われる可能性が高い。俺たちが交際していることは学校のみんなには内緒だから、日にちは別にした。

「さーてと、今日も勉強しますかー」

時刻は午前九時。夏休み中も昼夜逆転せずに勉強している俺、偉い。

勉強机に向かってさぁ集中するぞと気合いを入れた時、ノックもなしにドアが開いた。

「大貴ー？　ちょっといい？」

「………母さん、部屋に入る前にノックしてって何度言ったら分かるの？」

「ちょっといい？」って聞いた時には突入しているだろ。どうしたらドアの前で立ち止まって聞いてくれるのか。俺が許可をするまでドアが開かないシステムは、庶民の家には導入できないのか。

　俺がムスッとしているにも拘《かか》わらず、母さんは素知らぬ顔で話を進める。

「今夜、近所の神社でお祭りがあるでしょ？　そこで孝夫《たかお》兄さんが今年も焼きそばの屋台をやるんだけど、手伝いに来るはずの人が急な体調不良で来られなくなっちゃったんだって。大貴、手伝いに行ってあげてくれない？」

「え？　お祭りの手伝い？」

　孝夫おじさんは、母さんのお兄さんだ。

　お祭りが大好きな人で、毎年近所の神社のお祭りで焼きそばの屋台を出している。昨年は、俺が孝夫おじさんの手伝いをしたっけ。

「孝夫兄さんが困っているみたいだったから、大貴を行かせるってもう言っちゃったの。だからお願いね」

「なんで人の予定を勝手に決めるんだよ……」

　今年は行かないでいいやと思っていたのに。

　暑いし、蚊に刺されまくるし、けっこう大変だったんだよな……屋台の手伝い。

「ダメ？」

「うーん…………いいよ、孝夫おじさんに俺が手伝いに行くって言っちゃったんでしょ？　手伝いに行くよ……」

「ごめんね。ありがとう、じゃあ夕方四時には手伝いに行ってあげてね」

「分かった……ヘックシュン」

「え？　風邪ひいたの？　冷房の効かせすぎじゃない？」

「そんなこともないと思うけど……」

「くしゃみ出るなら、マスク持って行きなさいね」

「へーい」

くしゃみが出るから屋台の手伝いに行かなくていい……という発想には、ならないらしい。たぶん、たまたま鼻がムズムズしただけで、自分でも風邪ではないと思うけど。

勝手に話を進めていた母さんには腹が立つが、孝夫おじさんが困っているのは可哀想《かわいそう》だから、俺は渋々屋台の手伝いを引き受けた。

――あ、そうだ。寧々花もお祭りに行かないかな？

もしかしたら、寧々花の浴衣姿が見られるかもしれない。うん、それはいい。

俺はさっそく、隣の部屋のドアをノックしに行った。

そしてちゃんと返事が来るまで待つ。母さんのように、返事が来る前からドアを開けるようなことはしない。

「――はい？」

「寧々花、ちょっといい？」

「あ、うん……今、開けるね」

ややあって寧々花がドアを開けてくれた。

「あのさ、今夜近所の神社でお祭りがあるんだけど、親戚の屋台の手伝いを頼まれたんだ。それで……寧々花も一緒にお祭り行かない？　ちょっと暇になった時とか、一緒にお祭りを見て回れたらいいなって思ったんだけど」

「お祭り……あー……うん、ごめんね。今日は勉強したい気分だから、やめとこうかな」

寧々花は少し言いにくそうに返事をくれた。

「そっか……そうだよな。俺も勉強する予定だったから、気持ち分かるよ。母さんが勝手に手伝うこと決めちゃって、本当に最悪なんだ」

「ごめんね、私も手伝いに行けば、大貴《たいき》もラクになるかもしれないんだけど……」

「あぁ全然気にしなくていいよ。勉強の息抜きに良かったらと思って誘っただけだから
……ックシュン」

「大丈夫？　風邪？」

「うーん……違うと思うんだけど……ちょっと鼻がムズムズしただけ。ごめん、じゃあまた」

「うん、誘ってくれてありがとう」

用が済んだとみると、寧々花はドアを静かに閉めた。

浴衣姿の寧々花を見る計画は失敗。あ、でも寧々花が浴衣を持っているかどうか知らないし、お祭りに行けたとしても浴衣かどうかは分からないよな。

自分の部屋に戻り、シャーペンを持つ。

さぁ気を取り直して勉強だ……………と思ったんだが、問題が頭に入ってこない。

先程あっさりとお祭りデートを断られたのが、地味にショックだったようだ。

——勉強を理由に断られたけど、実は俺と一緒にお祭りに行きたくないから断ったとかじゃあないよな……？

両親が新婚旅行から戻ってくる日の夜、寧々花と微妙な空気になってから、俺たちの間にはどこかぎこちない空気が漂っている気がする。

両親の前では仲のいい義理の兄妹のフリを続けているが、その他の場面で俺との関わり合いがあっさりしているのだ。

前の寧々花なら、妹のフリをしながら隠れてイチャイチャしようとしてきたのに、最近はそれが全くない。両親の新婚旅行中に思いっきり恋人タイムをしてから、それ以降恋人タイムがなくなってしまった。

——やっぱり俺は寧々花のことを大事にできていなくて、寧々花は俺に不満があるのかな。……いや、きっと夏休みももうすぐ終わるし、新学期には実力テストもあるし、勉強に集中したいだけだよな……。

受験の日が一日一日と迫ってきている。普通に付き合っているカップルだって、毎日恋人のことを考えている場合じゃないだろう。

そういえばクラス男子のグループチャットに、『受験が終わるまで彼女と距離を置くことにしました』って報告している奴《やつ》がいたっけ。

進路を決める大事な時期だ。好きなことを我慢しなきゃいけないこともある。

寧々花は切り替えが上手だから、勉強モードになっているだけかもしれない。いつもと違うと思っているのは俺だけで、寧々花に他意はないのかも。

少なくとも……俺に不満があるから距離を置こうとしているなんてことは……ないよな。『俺って寧々花が彼女で良かったって思ってないように見えてた？』と聞いた時、寧々花は否定したじゃないか。俺に不満があるなら、その時に何か言ってくれたはず。

言わなかったのだから……俺に不満があったのではないと思いたい。

寧々花のことを考えていたら、ますます勉強に集中できなくなってきた。

このままじゃマズイ。寧々花のことを考えていて勉強できなくて、受験失敗しました……なんてカッコ悪すぎるから絶対にイヤだ。

——俺も、寧々花のことばかり考えていたらダメだ。勉強する時は、勉強に集中しないと。

受験のプレッシャーをひしひしと感じる今日この頃、俺と寧々花にも少しずつ余裕がなくなってきたのかもしれない。

なのに——なんでこんな大事な時期にお祭りの手伝いに行かなきゃならないんだよ……と思いながら、午後四時を迎えた俺は、約束通り孝夫おじさんの屋台に到着した。

すでに孝夫おじさんは焼きそばを作り始めていて、そこら中にいい匂いが漂っている。

「孝夫おじさん、久しぶりー」

「おぉ大貴！　今日はありがとうな！　本当に助かるよ！　バイト代ちゃんと出すからな！」

「あ、ありがとう」

孝夫おじさんは、今年もよく日に焼けていた。アクティブな人だから、キャンプしたりサーフィンしたり、夏を満喫したんだろうな。

バイト代を出してもらえると分かると、ちょっとやる気が出た。孝夫おじさんが用意してくれたお祭りの法被を着て、焼きそば作りを手伝おうとすると……。

「おい大貴、ちょっと待て」

「え？　何？」

……いきなり止められた。そして孝夫おじさんが、なぜか俺の髪の毛を触り出す。

「お前、高校三年生になったんだろ？　もっと洒落《しゃれ》っ気《け》を持てよ！　洒落っ気を持たない男は、女にもモテないんだぞ？」

「いや、受験生だからそういうのはまだいいよ」

「今夜はお祭りだ！　焼きそば買いに来た可愛《かわい》いお嬢さん方に『あらやだ！　こんなところに素敵な殿方がいるわ！』って思わせたくないか？　ワンチャン、そこから運命の恋に発展するかもしれないぞ？」

　孝夫おじさんは鞄《かばん》から髪用のワックスを取り出して、俺の髪の毛に塗り込み始めた。前髪をガッと上げられて、いつもより視界が良くなる。

「……よくこんなもの持ち歩いているね」

「男だって身だしなみに気を遣わないとな」

　母さんより二つ年上の孝夫おじさんは、まだ独身だ。イケオジって表現が似合う人で、女性からとてもモテるのを知っている。本当にオシャレだし、きっとこのワックスにもこだわりがあるんだろうなと思った。

「お前はいい顔してんのに、なんでモテないかな？　それがいつも不思議だ」

「それは身内フィルターがかかっているせいだよ。俺の顔なんて世間一般の人から見れば平凡以下なんだ」

「同級生の義理の妹と同居しているのに、その子とも何も起きてないのか？　『お兄さん

オーバーラップ文庫& ノベルス
NEW
文庫注目作
最強騎士（の貞操）は狙われている——
貞操逆転世界の童貞辺境領主騎士1
著：道造　イラスト：めろん22
ハズレ適性の魔術で故郷の危機に最強の援軍を！
お気楽領主の楽しい領地防衛3
～生産系魔術で名もなき村を最強の城塞都市に～
著：赤池 宗　イラスト：転
ノベル注目
2208 B/N

いのか？」

がカッコいいから好きになっちゃいました……』とか言って、その子が部屋に来たりしな

「そ、そんなことあるはずないだろ……。普通に兄妹として仲良くしているだけだよ」

「じゃあ大貴から誘いに行ったりしないのか？」

「しないって」

「タイプじゃないのか？　その子」

「タ………」

タイプじゃないからさ、アハハ……とは言えなかった。

だって実際、タイプだから。

これは俺の中の変なこだわりなんだけど、寧々花《ねねか》との交際を誤魔化すためだとしても、『タイプじゃない』とか『嫌いだから付き合うなんてありえない』とか、本心と正反対のことは嘘《うそ》でも言いたくないと思っていた。

「……今は受験勉強で頭がいっぱいだから、そういうことは考えている余裕がないんだよ」

「そうか……お前は真面目だな。……ほら、できたぞ」

孝夫おじさんが、どこからともなく手鏡を出した。

手鏡に映るのは、前髪を上げてあちこち髪を跳ねさせた俺。

見た瞬間、誰だこのチャラい奴……と思った。祭りの法被を着ているせいで、余計にチャラく見える気がする。

「ちょっと大人っぽいじゃないか。これなら大学生に見えるな。イイ感じの姉ちゃんが声をかけてくれるかもしれないぞ？」

孝夫《たかお》おじさんは一人で楽しそうに笑っている。

俺はどうでもいいやと思って、次の焼きそばの準備を始めた。

「あ、そういえば義理の妹ちゃんの写真とかないの？　俺、まだ義理の妹ちゃんの顔見たことないんだけど」

「俺、遊びに来たんじゃないんだよ。受験勉強中断して手伝いに来たんだから、おじさんもちゃんと仕事してよね」

「分かった分かった。ちゃんと仕事します」

「……ちゃんと手を洗ってから作業してよ」

「へいへい、了解っす」

孝夫おじさんはへこへこしながら、持ってきたタンクの水で手を洗い始めた。


午後六時くらいになると、神社の敷地内は大賑《おおにぎ》わいになっていた。

　俺は孝夫おじさんと絶え間なく焼きそばを作り続けている。ありがたいことに、屋台は大繁盛だ。

「お前んとこの義理の妹ちゃんを看板娘に借りようかと思ったが、その必要はなかったみたいだな。大貴、お前、やっぱりイケメンなんじゃないか？　女性客ばっかり来るぞ。全員お前目当てだろ？」

「孝夫おじさん目当てじゃないの？　孝夫おじさん、モテるし」

「いや、違うね。俺はモテるから、逆に女の子が俺目当てじゃないのもすぐに分かるんだよ。七割、大貴目当てだな」

「もうそういうのいいから、早く新しいパックを裏から持ってきて」

「へい、大将」

「大将は孝夫おじさんでしょ？」

　孝夫おじさんが、足りなくなった焼きそばを入れるパックを取りに屋台の裏に向かった。

　俺は淡々と焼きそばを作り続ける。

　孝夫おじさんの言う通り、今日は女性客が多い気がするが、俺目当てで焼きそばを買いに来るなんてそんな馬鹿なことはないだろう。

　焼きそばを買う人は焼きそばが食べたいんだ。まぁ俺は料理がそこそこ得意なので、美《お》味《い》しい焼きそばを作っている自信があるけど。

「焼きそば、二パックちょーだい」

「はい、八百円です」

ネイルの綺麗《きれい》なお姉さんが、千円札を渡してくる。俺はお姉さんの手に触れないように二百円のお釣りをそっと渡した。続いてパックに入った焼きそばを渡すと、お姉さんは「ありがとうねー」とニコニコしながら立ち去る。

ほら、それだけだ。みんな焼きそばを買うだけで、他に何か話しかけてくることもない。

屋台の明かりに照らされた俺が祭りのミラクルで遠くから見るとイケメンだったとして、近くに来た時になんか違ったなって思うから。そんなもんだから。

「焼きそば、一つください」

「はい、四百円です」

ふとそこでお客さんの顔を見て——息を呑《の》んだ。

白地に水色の朝顔が咲き誇る浴衣を着た、一人の女性。結い上げた髪には、浴衣と同じような白と水色の花飾りがついている。

お祭りの手伝いに来てから何人もの浴衣の女性を見たけど、これほどまでに俺の目を奪う人はいない。誰よりも綺麗だと思った。

「寧々花……」

名を呼ぶと、寧々花は少し恥ずかしそうに目を伏せた。

浴衣を着たら似合いそうだなと思っていたが、想像をはるかに超える美しさだ。寧々花の清楚《せいそ》な雰囲気と和服の相性が最高すぎる。

「あの……どうぞ」

いつもと雰囲気の違う寧々花に見惚《みと》れていると、寧々花が四百円を差し出した。

「あ、ちょうど、お預かりします……」

お祭りには行かないと言ったのにどうしてここにいるのか、その浴衣は寧々花のものなのか等、聞きたいことはいっぱいあった。

だが寧々花は俺から焼きそばを受け取ると、「ありがとうございました」と言ってさっさと屋台から離れてしまった。

——え？　それだけ？

寧々花は普通に買い物をして、そのまま帰っただけ。

行列ができているわけでもないし、もっと話してくれてもいいのに……ていうか、話したかったんだけど。

屋台の仕事を今すぐ放りだして寧々花を追いかけたい衝動に駆られていると、俺のすぐ後ろに、孝夫おじさんがニヤニヤしながら立っているのに気づいた。

「わっ！　ビックリした！」

「ふふふ……今の子、お前のことずっと見てたなぁ……お前と同い年くらいか？　可愛い子だったなぁ。将来はすごい美人になるぞ」

　寧々花は孝夫おじさんに「義理の妹です」と挨拶もしなかったから、孝夫おじさんはさっきの子が俺の義理の妹だと分かっていないようだ。

「……孝夫おじさん、俺、ちょっとトイレ行ってくるから屋台のほうよろしく」

「え？　あ、あぁ……分かった。あんまり遅くならないように頼むぞー」

　俺は孝夫おじさんに屋台を頼むと、寧々花を探して人混みの中に飛び込んだ。

　――せっかく浴衣を着てお祭りに来たのに、俺と話もしないなんてどうしたんだよ……。

　人の間を縫って歩き、寧々花の姿を探す。

　でも、一度人混みに紛れた寧々花はなかなか見つからない。

　電話をかけようと思ったが……スマホは屋台に置いてきてしまった。

　何も連絡手段がないのに、この人混みの中で寧々花と落ち合うのは無理か……。

　諦めて屋台に戻ろうとした時、おみくじ売り場の近くに目が吸い寄せられた。

　白地に水色の朝顔が咲き誇る浴衣。儚《はかな》げで美しい立ち姿。

　――寧々花だ。

「寧々――」

　近づきながら声をかけようとして、俺は慌てて口をつぐんだ。

　寧々花は一人じゃなかった。どこかで見たことのある顔の女子と一緒にいる。確かあの子は、隣のクラスの女子だ……。体育の授業が隣のクラスと合同だから、話したことはないが何度か見かけたことがある。

俺は寧々花たちに見られないように、近くの屋台の陰から様子を窺《うかが》った。

何を話しているのかよく聞こえないが、話しかけている女子は笑っていて楽しそうだ。

しかし寧々花は楽しそうな顔じゃない。むしろちょっと辛《つら》そうな表情。

――もしかして、悪口でも言われているのか？

心配になった俺は、二人に気づかれないように距離を縮める。

「――鳥井《とりい》さんって、彼氏いないんだっけ？……鳥井さんって普通に可愛いと思うんだけど、なんかモテないよねー。今日は一人で来たの？……え？　マジで？　寂しくない？」

寧々花の声は聞こえないが、やたらテンションの高い女子の声は聞こえてきた。

そしてなんだかイラッとした。

寧々花とどんな関係か知らないが、少なくとも仲のいい友達ではないだろう。

――一人でお祭りに来ている寧々花に厭味《いやみ》ったらしいことを言うな。笑ってんじゃねーよ。寧々花が笑ってないことに気づけよ。

寧々花は可愛いし、彼氏がいる。

一人でいるのは、俺が屋台の手伝いをしていたからだ。

寂しくないのか心配するのはいいけど、それを笑うんじゃない。

曖昧に笑ってやり過ごそうとしているような寧々花を見て、心がズキッと痛む。

寧々花にこんな顔をさせたくない。大事な女の子を傷つけられるのを、黙って見ているなんてできない――。

――何か手はないのか……。

そうだ。朝、何度かくしゃみが出たから念のためにマスクを持ってきてたっけ。

ズボンのポケットに入れていたマスクを取り出し、装着。一度深呼吸すると、寧々花に向かって足を踏み出す。

「――寧々花、お待たせ」

俺はいつもより少し低い声で寧々花に話しかけた。

急に話しかけてきた俺を見て、寧々花が目を見開く。

「遅れてごめん、その子は、寧々花の友達？」

本当は緊張しているが、できるだけクールに振る舞う。

イメージは、待ち合わせに遅れてやってきた大学生の彼氏だ。

俺は今、柄にもなく前髪を上げてチャラい見た目になっている。孝夫おじさんも大学生に見えるって言っていたし、俺も鏡を見た時に『誰だこのチャラい奴《やつ》』って思った。

周囲はそんなに明るくないし、マスクをしていつもより低い声を出していれば同じ学校の人にも『森田《もりた》大貴《たいき》』だとバレないはず。

いる。

「え、えっと……？」

ところが寧々花《ねねか》はどうしたらいいのか分からないようで、しきりに目をパチパチさせている。

あ、どうしよう。寧々花には俺の意図が伝わっていないみたいだ。

「あの……もしかして、鳥井さんの彼氏ですか？」

食いついてきたのは、寧々花をディスっていた女子。寧々花をディスったことは許さないが、そのアシストは大変助かる。

「うん。彼氏だよ」

寧々花の彼氏だと肯定すると、寧々花が「え？」って顔をした。

俺は寧々花の手を握って、「大丈夫。任せて」と念じながら頷《うなず》いてみせた。

この子は俺が森田大貴だと気づいていない。バレないようにするから任せろ。

「大人っぽいですけど、大学生ですか？」

「うん、まぁ」

「えー！　鳥井さんに、こんなにカッコいい大学生の彼氏がいるなんて聞いてないんですけどー。なんだー彼氏がいるなら言えばいいのにー」

寧々花に彼氏がいると分かって馬鹿にできなくなった女子は、変なテンションで笑い出した。

こんな俺でも、カッコいい大学生の彼氏に見えるのか……。孝夫《たかお》おじさんのオシャレテクニックに感謝しておかないと。

ところがいきなり、女子が俺の前にズズッと近づいてきた。

「あのー連絡先聞いていいですか？　良かったらお友達になってほしいです。私、来年大学生になるんですけど、大学生のお友達が欲しくてー」

「な……ダメだよ！」

黙っていた寧々花が急に声を上げた。

「え？　なんで？　付き合ってほしいとか言ってるんじゃないよ？　お友達になるだけなんだから、鳥井さんが止める権利ある？」

なんでこの女子は、いちいち寧々花の嫌がることをしようとするんだろう。俺から見ていても不愉快なんだが。

「良かったら連絡ください」

寧々花の目の前で、連絡先の書かれた紙を渡されそうになる。

こういうのって、いつも持ち歩いているのかな……いつでも、気に入った人に渡せるように。

「俺、彼女以外の女の子の連絡先、要らないから」

きっぱり断ると、俺は寧々花の手を引いて歩き出した。

女子がどんな顔をしているかなんて興味ない。ただ、一刻も早くあの女子から離れたかった。

寧々花は俺に引っ張られるままについてくる。

そのまましばらく二人でズンズン歩く。会話もない。

ただただ歩いて、気がつけば人けのない神社の端まで来てしまった。

「いきなり、引っ張っちゃってごめん。大丈夫？」

「うん……」

寧々花は眉根を少し寄せて、困った顔でうつむいていた。

「それより――同じ学校の人の前で彼氏だなんて言って……大貴だってバレたら、どうするつもりだったの？」

「……勝手なことして、ごめん。寧々花を追いかけてきたら、彼氏がいないことで弄《いじ》られているように聞こえたから、黙っていられなくて……。でもバレてないと思うし――」

「大貴だとはバレなかったみたいだけど、私……彼氏がいるって、学校のみんなにバレちゃうと思う……」

「それは…………ごめん」

今になって、軽率なことをしてしまったと反省した。

俺が森田大貴だとバレなければ問題ないと思ったが、問題はそれだけじゃなかったんだ。

あの女子は、学校が始まれば寧々花に彼氏がいたことを友達に広めてしまうだろう。いや、もしかしたら今夜のうちに広めてしまうかもしれない。

謝ったけど、寧々花は黙っている。俺の顔も見てくれない。

怒らせてしまった。申し訳ない気持ちでいっぱいになる。

「あの……私、もう帰るね」

突然、寧々花がそう言った。

「え？　もう？　せっかく可愛《かわい》い浴衣着ているのに？」

「かわっ!?……い、いいの。もう、これ以上、誰かにお祭りに来たの見られたくないから！　じゃあね！」

「待って！　送ろうか!?」

「大貴と一緒にいるところ見られたら余計にややこしくなるからいい！」

――そ、そんなぁ……。

寧々花は一人で行ってしまう。

取り残された俺は、木の幹に手を突いてがっくりと項垂《うなだ》れた。

あぁ本当にやっちまった。ダメだ。あれは完全に怒らせてしまった……。

もう帰りたい。でも今帰っても、寧々花と顔を合わせて気まずさが増すだけか……。

「屋台の手伝いに戻らなきゃ……」

肩を落としながら焼きそばの屋台に戻ると、孝夫おじさんがジュージューと焼きそばを焼いていた。

「おかえり。遅かったじゃないか。看板男がいないから、お客さんが全然来なくて困ってるんだ。早く手伝ってくれ」

「遅くなってごめん、代わるよ」

焼きそばをせっせとパックに詰めて輪ゴムで留めていく。

黙々と作業をしていると、孝夫おじさんが俺の頭をいきなりわしゃわしゃと撫《な》でてきた。

「な、何？」

「元気出せよ。好きになった女の子が、こっちを好きになってくれないなんてことはよくあることだ。相思相愛になれることのほうがレアなんだよ。まぁお前もまだ若いし、これから相思相愛になれる相手とも出会えるさ」

「……ん？　何の話？」

「さっきの浴衣の可愛いお客さんを追いかけていって、告白して撃沈したんだろ？」

「は？　してない！　してないから！」

「なんだ？　本当にトイレに行っただけなのかよ……つまんないなぁ……」

孝夫おじさんが勝手なことを言っているが、もうツッコむ気にもならなかった。

寧々花を怒らせてしまって、胸がズキズキと痛む。

帰ったら、もう一度謝ろう。

しかし……人の口には戸が立てられない。

俺が何度謝っても根本的な解決にはならず、寧々花の噂《うわさ》を止めることはできないと思うと、心苦しかった。


孝夫おじさんの屋台の手伝いを終えて帰宅したのは、午後九時だった。

俺が玄関で靴を脱いでいると、母さんが出迎えてくれた。

「おかえり、お疲れ様。どうだった？」

「あ、うん……けっこう繁盛していたよ。孝夫おじさんにバイト代貰《もら》っちゃった」

「そう、良かったじゃない」

うんうんと頷いたあと、母さんが声を潜めた。

「……ねぇ、寧々花ちゃんと何かあったの？」

「え？」

「帰ってくるのがすごく早かったから、何かあったのかなって。寧々花ちゃんは、『ちょっとお腹《なか》が痛くなっちゃったんです』って言っていたけど、お腹が痛そうには見えなかったのよね」

母さんは、どういうわけか仮病を見抜くのが得意だ。

俺も小学生の時、腹痛を理由に休もうとしたら、全部見抜かれた。本当に腹痛の時は休ませてくれたから、母さんには仮病を見抜く力があると思う。

寧々花が腹痛と言ったのは、たぶん嘘《うそ》だろう。

……寧々花は、俺が怒らせてしまったから帰ってしまったんだ。

「……別に、何もなかったよ。焼きそば買ったら、すぐに帰っちゃったんだ」

「焼きそば買っただけで？」

「うん、俺もちょっとビックリした。……あ、そういえばさ、昼間、寧々花をお祭りに誘ったら、勉強するから行かないって言われたんだ。なのに、急にお祭りに来たから驚いたんだけど……何があったか知らない？」

「……あなたたち、その話もしなかったの？」

母さんが怪訝《けげん》そうな顔をした。

「その話って……？」

「孝夫兄さんから連絡が来て、大貴を手伝いに行かせるって返事をしたあと、私はあなたより先に寧々花ちゃんと話したのよ。大貴がお祭りの屋台の手伝いに行くから、寧々花ちゃんは浴衣を着て焼きそばを買いに行って、大貴を驚かせてやりましょうって。だから寧々花ちゃんが嘘をついたのは、あんたをビックリさせるためよ。最初から寧々花ちゃんもお祭りに行く予定だったの」

　――最初からお祭りに行く予定だった？

　それならどうして、寧々花は焼きそばを買ってすぐに屋台を離れてしまったのか。あれじゃあまるで他のお客さんと変わらない素っ気なさだったぞ。

　俺が追いかけなければ、焼きそばを買うひと時だけしか寧々花の浴衣姿を見ることはできなかった。

　俺に見せに来たのなら、何か話しかけてくれても良かったのに……。

「……ちょっと寧々花と話してくる」

「本当にお腹が痛いようだったら、お薬取りに来て」

「分かった」

　俺は二階に上がり、寧々花の部屋のドアをノックした。

「寧々花？　俺だけど……」

　なかなか返事が来ない。

　もう寝ちゃったのかなと思ってドアから離れようとした時、ようやくドアがカチャリと音を立てて開いた。

「お……おかえり。お疲れ様」

　ドアの隙間から見えた寧々花は、すでに浴衣からパジャマに着替えていた。

顔が少し赤い。そして、何となく俺の顔を見ないようにしているようだった。

まだ怒っているみたいだ。

簡単に許されると思ってなかったけど、こっちを見てくれない寧々花《ねねか》を見て凹《へこ》む。

「あの……さっきのお祭りの件、本当にごめんね」

「謝らなくていいよ。もう、言っちゃったものはしょうがないし」

しょうがないという言葉が、胸に突き刺さる。

もう、しょうがない……のかもしれないけど、申し訳なさでやり切れない。

「ごめん……」

「うん……」

「……それより屋台のお手伝いお疲れ様。とっても繁盛してたね」

「じゃあ、私……もう寝るから」

「あ……おやすみ」

「うん、おやすみ」

そそくさとドアを閉められた。

閉ざされたドアが、寧々花の心の扉のように思えてまた胸が苦しくなる。

――もしかして、俺のこと嫌いになったかな。

俺はよろよろしながら自分の部屋に入り、ベッドに倒れ込んだ。

屋台の焼きそば臭い体を洗って服を着替えるべきなのに、もう一ミリも動きたくない。

――寧々花を守りたかっただけなんだけどな……。

学校の知り合いに馬鹿にされている寧々花を見た時、俺が言わなきゃと思った。守ってあげたかった。彼氏として、寧々花のことを守りたかった。

しかし、結果として寧々花に迷惑をかけてしまった。困らせて、怒らせてしまった。

――そっか。俺は自分勝手で、寧々花をちゃんと大事にできていないんだ……。

同じ家に住んで、一緒にいる時間が増えて、寧々花のことをたくさん知ったつもりでいた。

だが実際は、寧々花のことを分かっているつもりで分かっていない。

こんなんじゃ、寧々花が『私が彼女で良かったと思ってるのかな……？』とか不安になって当然だ。

夏休みがもうすぐ終わる。

新学期が始まれば、寧々花の噂がどこまで広まっているかすぐに分かるだろう。

とてもとても寧々花に申し訳なくて……憂鬱になった。

新学期が始まってから、俺はずっと気がそぞろだった。

クラスメイトがこそこそ話しているのを見れば、寧々花の噂をしているんじゃないかと思って胃がキリキリ痛んだ。

みんな受験を意識していて、休み時間も勉強の話をしていることが多く、寧々花の噂をしている人を俺が目の当たりにすることはなかった。

でも寧々花にそれとなく聞いたところ、どうやら寧々花の周りの友達はその噂を聞いてしまい、質問攻めにあったようだ。

「適当に流しているから、大丈夫だよ」

と、寧々花は言ってくれたけど、ちょっと元気がないように見えたから心配だ。

そうこうしているうちに新学期三日目、実力テストを受けた。

『君たち、夏休みにちゃんと勉強していたのなら、こんな問題は簡単に解けるはずだよね？』と言いたげな、基本的な問題ばかりのはずだった。

しかし……俺は手応えを感じていなかった。度忘れのオンパレードで、解答用紙をすべて埋めることすらできなかった。

——そして翌日に返ってきた答案を見た感想は、最悪の一言だった。

机に突っ伏して撃沈していると、誰かがツンツンと突《つつ》いてきた。

誰だよ……と思いながら顔を上げると、友達の松岡《まつおか》だった。松岡は一年の時も同じクラスで、名前の順だと席が前後の位置だったから、入学してすぐに仲良くなった男だ。

「どうした森田《もりた》？　そんなにテストの点数、悪かったのか？」

「……うん。夏休み、ちゃんと勉強してたつもりだったんだけどな……」

「あれじゃないか？　夏休み中、禁欲が足りなかったんだろ？」

「はい？」

松岡とは普段から何でも気兼ねなく話せる仲だが、話題が話題だったからドキッとしてしまった。

確かに俺は夏休み中、煩悩にまみれていた。何しろ可愛《かわい》い彼女とプールデートし、可愛い彼女のコスプレ姿を拝見し、可愛い彼女をお風呂で洗ってあげて、一緒のベッドで寝たのだ。

禁欲とは無縁の生活だったが、それと勉強に一体何の関係があるというのか。

「……禁欲しないと、成績って下がるの？」

「己の欲望に向き合うのは、一種のスポーツだ。ゴールに達すれば疲労感も出る。集中力も切れる。そこで勉強しようとしても、身につかんのだよ」

「いや、そんなに己の欲望と向き合ったわけじゃないんだけど……」

松岡の言葉を聞いて、俺はショックを受けていた。

……夏休み、俺は真面目に勉強していたつもりでいた。しかしまさか、寧々花のことが気になっていて勉強に集中できていなかったのか。勉強していたつもりだけど、余計なことを考えている時間のほうが長かったのか。

〇〇していた『つもり』で、実は『できていなかった』。

最近こんなのばっかりだ。

自分の不甲斐《ふがい》なさに頭が痛い。

——ダメだ。このままじゃいけない。何とかして、勉強に集中しないと。

寧々花は大学に進学できたのに、俺は浪人とか絶対にイヤだ。

長い溜《た》め息《いき》をついていると、松岡が話題を変えた。

「そういえば、鳥井《とりい》さんって彼氏がいるらしいよ？　知ってた？」

長い溜め息の途中で、咽《むせ》そうになった。

初めて自分の身近にいる人からその噂を聞いた。

てかこいつ、学校の噂に疎そうなのに……意外な奴《やつ》からその話題が出たな。

「いやー……知らなかった。え？　どこでそんなこと知ったの？」

「夏祭りで、鳥井さんが大学生の彼氏とデートしているのを見た奴がいるんだって」

「ほー大学生の彼氏かー……」

何も知らないフリをして答えたが、松岡は眉をひそめてじっと俺を見てくる。

「え？　何？」

「彼氏がいるって知ったらショック受けるんじゃないかと思ったんだけど、大丈夫そうだな。俺、森田は鳥井さんのことがマジで好きだと思ってたわ」

ギクリ。

変な汗が出てきてしまった。

「あー……まぁ鳥井さんは同じ委員会のいい友達だし、知らなかったからビックリしたけどショックは受けないって。……ってかおいおい……ショック受けるんじゃないかと思うんなら、なんで俺に話したんだよ？」

「まだ知らないなら、他の誰かとの会話中にいきなり知るのも可哀想《かわいそう》だし、親友の俺から話してやろうと思ってな。もちろん俺は優しいから、慰める心の準備もちゃんとしてきたんだぜ。慰めてやろうか？」

「別にいい」

「そうかそうか。まぁ、相手が大学生のイケメンじゃ、もう勝ち目はないもんな。潔く諦めるしかないよな」

勝手に話を進めて、うんうんと頷《うなず》いている松岡。

諦めるも何も、その大学生の正体は俺で……とは言えない。

いくら気心知れた仲である松岡にも、言えない。

言ったところで、「その大学生が自分だと思いたくなるぐらいショックだったか……少し保健室で横になってきたほうがいいんじゃないか？」なんて心配されるのがオチだ。

――しかしそうか。寧々花は今、俺が全然知らない男と付き合っていることになっているんだな……。

架空の彼氏相手にモヤモヤしてしまった。

でも俺のモヤッとした気持ちなんて、噂《うわさ》の中心にいる寧々花の苦労に比べたら些細《ささい》なことだ。

寧々花も今さら「あの人は彼氏じゃない」と否定することもできず、「今まで恥ずかしくて誰にも言えなかったんだけど、実は……えへへ」と曖昧に笑って誤魔化して、陰でこっそり溜め息をついていることだろう。

「元気出せよ」

「……違う。鳥井さんのことで落ち込んでいるんじゃないんだよ。今はテストの結果で落ち込んでんの」

「あ、そっか。今の森田にはそっちのほうが重大な問題か」

正直、寧々花のことも気になっている。

けれど、今の俺には別の問題も起きているのだ。しかも、けっこう深刻な問題が。

秋になった受験生は、だんだんと心の余裕がなくなっていく。

受験が上手《うま》くいかなかったら、人生が大きく変わってしまう気がして怖い。

あの時頑張って勉強していれば……とずっと後悔することになりそうで怖い。

『大学入試の結果くらいで人生の良《よ》し悪《あ》しは決まらないわよ』といつか母さんに言われたことがある。

きっと何年も後に振り返れば、大学入試がただの通過地点だって分かるんだろうな。

しかし今の俺にとって受験は大きな壁で、ここがダメだったら別の道を探せばいい……なんて簡単には考えられない。

——今のままじゃダメだ。

ある決意をした俺は、寧々花に『夜、大事な話がある』とメッセージを送って、部屋に呼び出した。

久しぶりに俺の部屋に来てくれた寧々花は、ちょっと落ち着かない様子だ。

俺は本題に入る前に、例の噂のことについて寧々花に状況を聞くことにした。

「噂の件は、大丈夫?」

「あぁ……うん。仲のいい奈緒《なお》ちゃんと春海《はるみ》ちゃんには『なんで今まで言わなかったの?』って問い詰められちゃったけど、『恥ずかしくて言えなかった』って言ったら納得してくれた。『どこで出会ったの?』とか『名前は?』とかいろいろ聞かれて困るんだけど、『内緒』で押し通しているよ」

「そっか……迷惑かけてごめん」

「ううん、大丈夫。友達と恋バナできて、ちょっと嬉《うれ》しかったし」

寧々花《ねねか》はえへへっと小さく笑ったあと、少し不安そうな顔になった。

「それより、大事な話って何？」

「うん……」

言いづらい。今から俺が話すのは、とてもカッコ悪い話だから。

でも言わなきゃいけない。ちゃんと……。

「あの……実は……今日、返ってきた実力テストの結果が……マズイことになっておりまして」

「え？」

寧々花の顔を見るに、寧々花の実力テストの結果はそう悪くもなかったんだろうなと思った。成績が下がったのは、やっぱり俺だけか。

きっと寧々花は、夏休みに俺とイチャイチャしながらも、ちゃんと勉強を頑張っていたんだろう……。

「だから、ごめん……しばらく恋人タイムは無しにして、勉強に集中させてほしい。もちろん、義理の兄妹としては仲良くするから」

「うん、恋人タイムを無しにするのはいいよ……。でも、しばらくってどのくらい……？」

「そうだな……二週間とか」

「二週間……」

「新ルールとして、成績が著しく下がった場合ペナルティとして二週間恋人タイム禁止……って感じでどう？」

両親の旅行後から今の今まで恋人タイムらしい恋人タイムもしていないし、これからする予定があったわけでもない。

ただ『二週間、俺は勉強に集中します』という決意表明に近い。

期間を設定したのは、そのほうが自分を追い込めると思ったからだ。

二週間は短い。そう思いつつも二週間に決めたのは、俺が勉強に集中する間、彼女としての寧々花を大事にしてあげられなくなるのが不安だったからだ。

もしかしたらまた、大事にされていないなと寧々花が感じて、不満が溜まるかもしれない。期間が長ければ長いほど、俺たちの関係が終わりに近づいてしまうんじゃないかと怖くなる。

寧々花に嫌われるのは……辛《つら》い。

「二週間で、みっちり勉強する。実力テストでダメだったところ全部総復習するからさ。協力してもらってもいい？」

「うん……もちろんいいよ。大事な時期だもんね」

「ありがとう……じゃあ、さっそく勉強頑張ります」

「……あの、大貴《たいき》。あのね……」

「うん？」

寧々花の言葉の続きを待つが、寧々花はなかなか言わない。

もじもじしながら何か悩んでいる。

「どうした？」

「えっと…………………ううん、何でもない。大貴が勉強頑張っている二週間は、私も勉強頑張るよ。お互い頑張ろうね」

「おう」

寧々花が俺の部屋を出ていくと、俺はまっすぐ勉強机に向かった。

寧々花が文句も言わずに俺の提案を受け入れてくれて、ホッとした。しかし同時になぜか心配になった。

「寂しい」って言われるんじゃないかなと思っている自分がいた。

ところが寧々花はいつもと変わらぬ表情だった。寂しそうじゃない。

二週間恋人タイムが禁止になっても、何も不都合がなさそうだった。

同居を始めた頃は、両親にバレないようにイチャイチャしようとしてくる寧々花を止めるのが大変だったのに、今の寧々花は俺とイチャイチャしなくても別にいいのかな。
モヤモヤしてきてしまった俺は、意識して大きく深呼吸した。
待て。考えるのは一時中断だ。
せっかく寧々花が『いいよ』と言ってくれたんだから、俺はまず勉強を頑張らないと。
――この二週間、本気で勉強頑張ろう。己の欲望を封じ、真摯に勉強と向き合う。
「よっしゃ！　勉強モードだ!!」
こうして俺は不安を振り払い、二週間の禁欲勉強生活をスタートさせた。

幕間……side寧々花……

——特報。親友の奈緒ちゃんと春海ちゃんに、彼氏がいることがバレました。

「なんで今まで彼氏がいること教えてくれなかったのー!?　なんでなんでなんでー!?　いつから付き合ってるの!?　どこで出会ったの!?　名前は!?　あ、夏期講習の時に友達から相談を受けて……とか言っていたのは、寧々花のことだったのー!?　えー!?　彼氏とどこまで進んじゃってんの!?　私の無垢《むく》で可愛《かわい》い寧々花は、どこまで大人になってしまったのー!?　てかやっぱりなんで今まで彼氏がいること教えてくれなかったのー!?」

放課後。私は奈緒ちゃんと春海ちゃんの二人から質問攻めを受けていた。

場所は人通りの少ない校舎裏なんだけど、春海ちゃんが大きな声で言うからすごく恥ずかしい……。

「教えたら春海がそうやってバカ騒ぎすると思ったから、言えなかったんじゃないの？」

「——!?」

奈緒ちゃんに言われて、春海ちゃんが絶句した。

「ご、ごめんね。実はまだ付き合い始めたばかりで、言えなかったのは……恥ずかしかったからなの。いつか、奈緒ちゃんと春海ちゃんには話そうと思っていたんだよ」

「そう……？」

慌ててフォローしたけど、春海ちゃんはしゅんとしている。

二人とは今までいろんな話をしてきたし、それこそ秘密を打ち明け合ったこともある。

なのに彼氏ができたことを秘密にされていたら、少なからずショックだよね。私も申し訳ない気持ちだった。

――あんなタイミングで、彼氏がいるってバレるとは思わなかったもん……。

お祭りの日、いつもと髪型が違う大貴が私を助けに来た時のことを思い出して、ちょっと顔が熱くなった。

「あ、今、彼氏さんのこと考えたでしょ？」

「え!?　何言っているの、奈緒ちゃん!?　か、考えてないよ！」

「へぇー？　そう？」

奈緒ちゃんが私を見てニヤニヤして……すぐに真面目な顔になった。

同じ女子の私でも綺麗《きれい》だなって思う奈緒ちゃんが、ぐっと顔を近づけて小声で聞いた。

「――で、夏休みの作戦は成功したの？」

「え？」

「友達じゃなくて寧々花の話だったのなら、彼女らしいことができなくて悩んでいるのも寧々花だったんでしょ？　私のアドバイスは、採用されたの？　その後どうだったの？」

「えっと………」

奈緒ちゃんが、じっと私を見つめてくる。

『彼女らしいことができていないような気がして悩んでいる』友達について話した時、奈緒ちゃんは彼女らしいサービスをしたいのなら、彼氏の夢を叶《かな》えてあげたらどうかと提案してくれた。

男の子が喜ぶ格好についてたくさんアドバイスしてくれて、私はその要素を盛り込んだ格好で大貴に晩ご飯を作ってあげることにしたんだ。

……でもそれは途中で失敗しちゃって、結局彼女らしいことはできなかった。

恥ずかしくて話しにくいけど、奈緒ちゃんは一生懸命アドバイスしてくれたんだから、ここまで来たらちゃんと話したほうがいいよね……。

「……奈緒ちゃんのアドバイス通りの格好をして、お料理を作ってあげたの。でも私が途中でドジして料理中に火傷《やけど》しそうになっちゃって、そしたら全然恋人らしい空気じゃなくなっちゃったんだ。せっかくアドバイスしてもらったのに、私の力が足りなくて……ごめんね」

「……彼氏さんに、寧々花は彼女らしくないとか言われたの？」

「い、言われてないよ！」

「じゃあなんでそんなに落ち込んでるの？」

「それは……」

自分に自信を持てなくて悩んでいるからだ。

私が大貴の彼女でいいのか、不安になっているからだ。

私の悩みをポツポツと話すと、奈緒《なお》ちゃんと春海《はるみ》ちゃんは静かに頷《うなず》きながら聞いてくれた。

彼氏のことをずっと黙っていたのに、二人が知ったのは今日なのに、親身になって話を聞いてくれるのが嬉しくて、泣きそうになった。

「私、不安で『私が彼女で良かったと、思う？』って聞いちゃったんだ。そしたら彼は、『思ってるよ』って言ってくれた。でも『俺ってそう思ってないように見えてた？』って不安そうな顔をさせちゃったんだ。私が変なこと聞いたせいで、困らせちゃった……。何をやっても彼女らしくできなくて、悩んでいて……」

誰かに相談できるのが初めてで、感情が昂《たかぶ》る。

泣きながら話していると、春海ちゃんが優しく私の背中を撫《な》でてくれた。

「好きな人と付き合えていいなぁって思ったけど、いろいろ悩んでたんだね……。一人でずっと悩んでて、苦しかったね……」

「春海ちゃん……」

すると奈緒ちゃんが「うーん」と唸《うな》り出した。

「うーん……そうか。なるほどなぁ……こりゃ、私のアドバイスの方向性は間違っていたのかもなぁ」

「……え？」

「ねぇ、寧々花《ねねか》。私、言ったよね？『何を目標としているのか』って。自分の理想とする彼女像に近づきたいのか、それとも彼氏をもっと喜ばせてあげたいのか……。寧々花は彼氏をもっと喜ばせてあげたいって言ったけどさ、本当は自分が理想とする彼女像に近づきたかったんじゃない？」

奈緒ちゃんの言っていることがよく分からなくて、目をパチパチさせてしまった。

私は大貴をもっと喜ばせてあげたかったんだけど……違ったの？

「だからさ……たとえば、彼女らしいことがお弁当を手作りすることだとしようか？それでもし彼氏をもっと喜ばせてあげたいと思ったのなら、彼氏が喜んでくれたらオッケーよね？」

「うん……」

「でも、自分が理想とする彼女像に近づきたいと思っている人って、彼が喜んでくれたらオッケー……ってわけじゃないのよね。もちろん彼が喜んでくれたかどうかも大事だけど、自分が上手《うま》くお弁当を作れたかどうかを気にするのよ」

「うんうん」

いつの間にか、春海ちゃんも一緒になって頷いていた。

「この二つって、ゴール地点が違うんだよね。彼氏が喜ぶのがゴールなら、お弁当の出来がぐちゃぐちゃでもいいのよ。彼氏が笑顔で『ありがとう』って言ってくれたらオッケー。ここでどんなに彼氏が喜んでいても、『でも、途中で作るの失敗したから、ちゃんとしたお弁当を作ってあげられてない……私はダメな彼女だ』って思うなら、ゴールはこっちじゃないのよ」

「あ……」

「寧々花の話を聞いた感じ、別に彼氏さんが喜んでくれなくて目的達成ならず……って感じじゃないと思わない？　ただただ寧々花が、自分がやりたかったことができなかったって落ち込んでいるように聞こえたよ。寧々花は自分が理想と違うから悩んでいるだけで、別に彼氏さんが寧々花にガッカリしているから悩んでいるんじゃないよね？　そこのところをごっちゃにして考えると、自分が本当はどうしたいのか分からなくなりそう」

奈緒ちゃんの話を聞いて、夏休みの自分について改めて考えてみた。

夏休み初旬、プールで妹に間違えられて落ち込んだのは、彼女に見えないのかなって私が心配になったからだ。大貴は『気にすることないんじゃない？』って言ってくれたのに……私だけが妹っぽいことを気にして悩んでいた。

お父さんたちが旅行に行っている時、彼女らしいことをしようと意気込んで、最後まで思い通りにできなくて、私は勝手に落ち込んだ。大貴《たいき》は別に彼女らしくできなかった私に何かを言ったわけじゃないのに……。むしろ大貴は、『……彼女らしいも何も、寧々花は彼女なんだから、わざわざ彼女らしくしようって考える必要はないと思うけど……？』と言ってくれたのに……。

——全部、気にしていたのは私だけだ。

冷静に考えてみたら、私ってば自分のことしか考えていなかったことに気づいた。

大貴はいつも私のことを気遣ってくれていたのに、私は自分のことばかり悩んでいた。

「どうしよう奈緒ちゃん……私、最低の——」

「お待ち」

「きゃんっ」

「私、最低の彼女だ」と言おうとしたら、奈緒ちゃんからチョップが飛んできた。

頭頂部が痛いです……。

「だからー、寧々花は自己評価が低すぎなのよ。最低の彼女だなんて誰も言ってない。自分でそう思っているだけでしょ？」

「そ、そう……なのかな……？」

「そうなのかな？……じゃなくて、そうなんだよ！　私は寧々花の彼氏さんのことよく知らないけど、寧々花からの話から察するに、彼氏さんは寧々花のことが大好きだと思うよ。

すっごく愛されていると思う。なのに寧々花がいつまでも自信を持たないから、彼氏さんは自分の愛が足りてないんじゃないかと思って落ち込んだんでしょ？　逆の立場だったらどう思うか想像してみ？」

「逆の立場だったら……？」

私が「大好きー」って思っているのに、大貴は自信がなくて「俺なんかが寧々花の彼氏でいいのかな」って悩んでいるって感じだろうか。

「いやいや心配しなくていいよ、大好きだよ」って一生懸命伝えていても、大貴はいつまでも「このままの俺じゃダメだ」なんて不安そうにしているってことだよね……。

「――わ、私の気持ちの伝え方が悪いのかなって、落ち込むかも……」

「そうそう。心配になるでしょ？　もしくは『私はこんなに愛を伝えているのになんであなたは分からないの？』って腹が立つかのどっちかよ。まぁ聞いたところ、寧々花の彼氏さんはそういう時に逆ギレしそうな人だと思わないけどね」

「なぁなぁ奈緒は彼氏いないのになんでそんなに恋愛分析ができるの？」

春海ちゃんが奈緒ちゃんに聞くと、奈緒ちゃんは「読書と日頃の人間観察の賜物《たまもの》かな？」と答えていた。

でも、読書と日頃の人間観察だけでここまで私の恋愛を考察できるのは、奈緒ちゃんしかいない気がする……。

「本当にすごいや……奈緒ちゃんは。私は、自分のことも全然分かってなかった。彼を満足させたいのか、自分が満足したいのか、ごちゃごちゃになってた……」

「うん……でも、彼が満足しなきゃ自分も満足できない部分もあるし、自分が満足していることが彼の満足に繋《つな》がることもあるから、ある程度は二つの目的が絡み合うと思うけどね。たださっきの寧々花みたいに、目的のゴールと目指しているゴールが違うと、いつまで経《た》ってもゴールできないと思っただけよ」

「そうだね……」

大貴のご子息が私に反応しなかったのは、私を彼女と見られなくなったんじゃなくて、たまたまだったのかもしれない。もしくは、反応しないように大貴が陰で努力していたとか。何にせよ、私が気にしすぎていた気がする……。

そうじゃなければ——お祭りの日、彼氏として助けに来てくれたりしないよね……？

——あの日の大貴……カッコよかったなぁ……。

夏祭りの日、焼きそばの屋台に行っててビックリした。

前髪上げてて、いつもより大人っぽくて……普段通り話しかけられないくらいドキドキした。

私を追いかけてきてくれて、意地悪なことを言う同級生の前で彼氏だと認めて、色目を使う同級生に『彼女以外の女の子の連絡先、要らないから』ってハッキリ言ってくれた。

私を守ってくれた。

私が自分のことでいっぱいいっぱいになって周りが見えなくなっていただけで、私はいつも大貴に大事にされていた……。

全部全部、私の自己肯定感が低すぎたのがいけなかった。

あぁ、大貴に迷惑をかけたことを謝りたい。

「ごめんね」と「大好き」をいっぱい伝えたい。

私が彼女でいいのかなって悩むのは終わりにしよう。大貴の言葉を素直に受け取ろう。

大貴はまっすぐな人だから、心にないことを気休めで言ったりしない。

「奈緒ちゃん、春海ちゃん、話を聞いてくれてありがとう。二人に彼のことを話せて、良かった」

私が笑うと、奈緒ちゃんと春海ちゃんも笑ってくれた。

「リアルな恋バナ、楽しかったよ」

「私、一緒に奈緒の話を聞くくらいしかしてなかったけど……あはは」

「ううん、春海ちゃんもいてくれて良かった。春海ちゃんは、そばにいてくれるだけで元気出るから」

「分かるー。春海っていつでも無駄に元気だもんね」

「無駄に、は余計だっ！」

三人でひとしきり笑って、私はスッキリした気持ちで家に帰った。

……帰る途中、大貴から『夜、部屋で話がある』ってメッセージが来て、思わず『私もある！』ってハイテンションで返しそうになった。

危ない危ない……まずは顔を見て謝って、しっかり仲直りするところから始めないとね。

そのあと……大貴と恋人タイムができるかな？

自分の気持ちに整理がつくと、急に大貴が恋しくなってきた。

大貴との甘い時間が欲しい。最近、あまり恋人タイムができていなかったから……少し緊張するかもしれないけど。


――そして迎えた夜……。

大貴の顔はいつになく真剣で、深刻だった。

「あの……実は……今日、返ってきた実力テストの結果が……マズイことになっておりまして」

「え？」

予想外の話で、ビックリした。

「だから、ごめん……しばらく恋人タイムは無しにして、勉強に集中させてほしい。もちろん、義理の兄妹としては仲良くするから」

「うん、恋人タイムを無しにするのはいいよ……。でも、しばらくってどのくらい……？」

「そうだな……二週間とか」

「二週間……」

「新ルールとして、成績が著しく下がった場合ペナルティとして二週間恋人タイム禁止……って感じでどう？」

な、長い……とは言えなかった。

そもそも下がった成績を元に戻すには二週間じゃ足りないかもしれないし。

おそらく大貴は、私が寂しくならないように二週間と設定したんだろう。本当は……もっと長く期間を取って、私のことを考えずに勉強に集中したいかもしれない……。

「二週間で、みっちり勉強する。実力テストでダメだったところ全部総復習するからさ。協力してもらってもいい？」

「うん……もちろんいいよ。大事な時期だもんね」

「ありがとう」

いいよ、としか言えないよね……。

今まで自分のことしか考えずに迷惑をかけたんだ。ここはちゃんと、大貴の気持ちを優先しないと……。

「じゃあ、さっそく勉強頑張ります」

大貴がすぐに話を終わりにしようとしたから、焦った。

「……あの、大貴。あのね……」

「うん？」

——実は私も、大貴に話したいことがあって……。

そう切り出そうとして、言葉が出なかった。

夏休みからワガママばっかり言っちゃってごめんねとか、大貴は何も悪くなくて私が勝手に悩んでいただけなんだとか、今言っていいのかな？

いや、私の悩みの話をしたところで大貴の勉強の邪魔になるだけだ。謝ってから大貴と恋人らしいことをしたいと思っていたけど、恋人タイムは禁止になっちゃったんだし……。

「どうした？」

「えっと…………ううん、何でもない。大貴が勉強頑張っている二週間は、私も勉強頑張るよ。お互い頑張ろうね」

「おう」

二週間、私も我慢しよう。

しっかり勉強に集中させてあげて、話をするのはそれからにしよう。

自分に言い聞かせながら部屋に戻ったけど、なんだか落ち着かない。大貴が恋しいと思う気持ちが満たされなくて、悶々《もんもん》とする。

「二週間……大貴を我慢しなくちゃ……」

人間おかしなもので、我慢しなくちゃいけないと思うともっと欲しくなってしまう。

最近恋人タイムをしていなかったけど、それで寂しいと思うことはなかった。なのに、恋人タイムが禁止になったタイミングで寂しくなるなんて……。

「あぁ私のバカぁ……」

こうして私の……二週間大貴我慢生活がスタートした。

勉強モードに切り替えた俺は、常にお手製大学受験用暗記ノートを持ち歩いていた。今の自分に必要な知識をまとめた暗記ノートだ。

隙間時間はこれを見て、一つでも多く暗記する作戦である。

湯船に浸《つ》かっている時も、暗記。

トイレに行っても、暗記。

歯磨きをしている時も、暗記。

料理中に電子レンジで温め待ちしている間も、暗記。

そして俺が今確認しているのは、日本史だ。

——……保元《ほうげん》の乱、平治《へいじ》の乱を通じて勢力を伸ばした平氏の棟梁《とうりょう》は、平清盛《たいらのきよもり》。一一六七年に太政大臣《だいじょうだいじん》に就任し……。

「大貴《たいき》ー。洗濯物の籠に英語の暗記カード入っていたよ」

「あ、悪い。ありがとう」

洗濯機を回しに行ってくれた寧々花《ねねか》が、洗濯物を入れた籠から助け出してくれた暗記カードを渡してくれる。

受け取ろうとした時、一点に目が吸い寄せられて俺は瞬《まばた》きした。

寧々花の胸元、ワイシャツの第二ボタンが外れていて、胸の谷間と白い下着が見えていた。

――た、平じゃない清盛が……。

禁欲という看板を掲げて邪念を呼び起こすものを絶ったせいで、平じゃない清盛が輝いて見えた。

荒野に現れたオアシスのように、俺を引きつける。

『――平氏政権の財政基盤の一つで、一国の支配権を上級貴族に与えて収益を得させる制度はなんですか!?』

突然俺の脳内で、天使ネネカが叫んだ。

――はい、知行国の制度です！

『正解なのです！　平じゃない清盛なんて考えている場合じゃないのです！　勉強勉強！』

――はい、すみませんでした！

危ない危ない。危うく煩悩を呼び起こすところだったぜ。

天使ネネカが脳内に登場するのは久しぶりだ。

俺の心にある理性の使いが、禁欲を忘れて煩悩を思い出そうとしていた俺を止めてくれた。ありがたい。

――ありがとう、天使ネネカ。

思春期の男子の心に必要なのは天使ネネカ。いつも心に天使ネネカ。

それだけで俺たちの生活の質はぐんと上がる……のかもしれない。知らんけど。

天使ネネカが問題を出してくれたおかげで勉強モードに戻った俺は、ブツブツ言いながら暗記ノートの続きを眺める。

俺が勉強に集中し始めると、寧々花は俺の邪魔をしないように、ささっとキッチンを離れてくれた。

よし。この調子だ。何かあったらすぐに勉強のことを考えて、気持ちを切り替えるんだ。

俺はひたすら脳内を勉強で染めていった。

淡々と晩ご飯を食べて歯磨きを終え、二階のトイレに行こうとした。もちろん片手には暗記ノート。今の俺は重要古語の暗記をしている。

「くちをし……残念だ。こころもとなし……不安だ。じれったい。はっきりしない。なかなか……かえって。中途半端だ」

ブツブツ唱えながらトイレのドアを開けて、

「あ!!」

「あなや!!」

洋式トイレに座っていた寧々花が叫んで、俺も驚いて叫んだ。

慌ててドアを閉める。

――え？　え？　鍵、かかってなかったよな？　頭の中が古語でいっぱいだったから、思わず人生初の叫び方しちゃったぞ。

「ご、ごめん、鍵をかけ忘れちゃった……」

「お、俺のほうこそごめん！」

古語の暗記ノートを読んでいたから寧々花のトイレ姿は直視していません。見ていないから許してくださいと、受験の神様に心の中で謝った。

ややあって、トイレの水を流す音が聞こえてきた。

俺はドアからちょっと離れたところで、寧々花が出てくるのを待つ。

「おおおお待たせ！」

「どどどうも！」

慌てた様子でトイレから出てきた寧々花が、自分の部屋のほうに向かう。

俺は寧々花の後ろ姿を見て仰天した。

トイレから慌てて出てきた寧々花は、パンツにスカートを巻き込んでいて、スカートのお尻の部分が捲《めく》れあがっていた。

「ね、寧々花！　スカート！　後ろ！　巻き込んでる」

「え？」

さすがに無視できなくて教えてあげると、寧々花がバッとお尻に手を伸ばした。そしてすぐに自分のスカートの不具合に気づき、真っ赤になった。

「ふぁあああああごめんね、変なところ見せちゃってごめんねぇ!!」

叫んで自分の部屋に逃げていく寧々花が、いとうつくし……。

『夜の声はおどろおどろし。あなかま。――なのです』

――夜の声は仰々しい。静かに、ですね。すみません。

さがなき煩悩の気配を感じていたところに再び現れた、天使ネネカ。寧々花の乱れたスカートに脳内の秩序が乱れそうになったが、すぐさま修正してくれる。

なんて優秀な煩悩ブレイカーなんだ。

『ちなみに出典元は分かるですか？』

――源氏物語だろ？　原文だと、この夜の声とは泣き声のことなんだよな。

『ですです』

うんうん。勉強はちゃんと進んでいる。

日常的に思い出せるくらい知識が定着していると感じて、気持ちがいい。

『……それにしても、寧々花に惑わされないように気をつけるのです！　あの子は、無自覚なので困ったものですが』

俺の脳内で、天使ネネカが溜《た》め息《いき》をついた。俺も天使ネネカに同感だ。

寧々花が風呂を洗っている時にも思ったことだが、お義父《とう》さんと二人で住んでいた頃は、お義父さんが仕事に行っている間は家に一人だから、うっかりボタンが外れていてもスカートを巻き込んでいても誰にも気づかれずに済んだんだろうな。

俺や母さんと一緒に住むようになって、最初のほうこそ気をつけていたものの、最近は慣れてきて寧々花も油断しているのかも。

「もう少し気をつけて」と声をかけるのも一つの手段ではあると思う。

でも寧々花だって、何も気をつけていないわけじゃないだろう。

家の中でガチガチに気を遣って生活するのも大変だろうし、たまにうっかりしちゃうところは目を瞑《つぶ》ってあげたい。家はゆったり生活できるのが一番だし。

大丈夫。心の中に健全な天使ネネカを飼って、勉強のことを考えていれば、煩悩ワールドに吸い込まれなくて済む。

さすれば小悪魔ネネカに誘惑されることもない。

毎日平和に、学力の向上に努められる。

――こうして俺は順調に勉強を進め、一週間過ぎた頃には志望大学の過去問を解いて手応えを感じるようになっていた。

もしかしたら、実力テストの時はたまたま調子が悪かっただけかもしれない。

夏休み終盤はくしゃみが出ていたし、少し風邪っぽかったのかも。それに、寧々花を怒らしてしまったことを引きずっていて、集中できなかったのかもなぁ。

夏休みに勉強できていなかったから成績が落ちたんじゃない……と思えて、ホッとした。

夏休みは夏休みでちゃんと勉強を頑張ったんだ。あの時の努力はちゃんと身についていた。

しかし気は抜けない。心身の調子が悪いと、あそこまで実力を発揮できなくなるのかとビビった。

いつでもどんな状況でも落ち着いて問題が解けるように、この調子で残りの恋人タイム禁止期間もしっかりと勉強しておこう。

——そんなある朝、俺が学校に行く前に顔を洗っていると、後ろから誰かが抱きついてきた。……この家にいて俺に抱きついてくるのは、寧々花しかいないんだが。

「……寧々花？」

恋人タイムはまだ禁止期間中なのに、どうしたんだろう。

寧々花は俺の腰のあたりにぎゅっと抱きついてスリスリしてくる。

甘えているみたいだ。くすぐったいほどでもないけど、少し腰のあたりがムズムズする。

「な、何してるの？」

「………………おにぃちゃん充電」

「お、おう……でも、もう顔洗い終わったから、離れてくれるとありがたいかな」

「ぶぶぶ。寧々花の充電がまだ終わっていません」

ロボットみたいな声で拒否された。

寧々花ロボットはどういう仕組み充電されているのか。俺の腰のあたりには送電用コイルが存在していて、寧々花の体に備わった受電用コイルが近づくと誘導電流が発生する仕組みになっているとでもいうのか。スマホのワイヤレス充電かよ。

「……まだ恋人タイム禁止中だよ」

「恋人じゃないです、寧々花はおにぃちゃんの妹です」

「ほら、もう俺、学校行く準備しなきゃいけないからさ」

「むううううううう」

すごく不服そうに唸《うな》りながら、ようやく寧々花が離れた。

「はい、次どうぞ」

俺は何も意識していないフリをして、兄っぽく寧々花の頭をポンポン撫《な》でてから洗面所を離れた。

しかし本当は……いきなり甘えられて、胸がドキドキしていた。

寧々花の体の柔らかな感触とか温《ぬく》もりとか、何もかもすごく久しぶりに思えた。

あのままずっと抱きついていてもらっても構わないと思うくらい、心地よかった……。

——いきなりどうしたんだろう。まさか俺が勉強に集中しているから寂しくなったのか？

自分の部屋で制服に着替えている時も、まだ胸のドキドキは収まらない。

——でも俺がこのルールを提案した時は、全然寂しそうじゃなかったし……。

あまりに反応があっさりしていたから、逆に俺が寂しくなったぐらいだったのに。

二週間の恋人タイム禁止は長すぎて、寧々花《ねねか》は自分が大事にされていないと鬱憤が溜まっているのかとも思ったが、だとしたら寧々花が甘えてくるってこともないだろう。

距離を取られていないし、むしろ向こうから来るってことは嫌われたってわけじゃなさそうだ。

お祭りで寧々花を怒らせてしまった時、寧々花に嫌われたかもしれないと心配になったのもあって、寧々花から俺を求めているようなモーションをかけられるとテンションが上がってしまう。

寧々花が俺との時間欲しさに甘えているのだとしたら……嬉《うれ》しいんだが。

——……いかんいかん。自分で二週間恋人タイム禁止って言ったんだから、期限はちゃんと守らないと。

俺は首をブンブン振って、気を引き締めるのだった。

——しかし甘えん坊寧々花の突撃は、これで終わりじゃなかった。

両親のいない時の料理中は大胆に、両親がいる時の歯磨き中はこっそりと、気づけば寧々花が背後に忍び寄ってきて、俺に抱きついてくる。

「おにぃちゃん充電」と言うので、俺は兄として妹にエネルギーを与える充電器になってあげていた。

恋人タイムは禁止だけど、妹を拒むことはできない。

兄らしく、よしよししてあげると寧々花は嬉しそうに微笑《ほほえ》む。

可愛《かわい》い、寧々花がひたすら可愛い。

禁欲の反動もあり、俺は何度も寧々花を抱きしめそうになった。

でも自分から言い出したことを自分で反故《ほご》にしたくなくて、我慢した。

ここで誘惑に流されたらカッコ悪いだろ。

寧々花に彼氏がいると噂《うわさ》を流されるキッカケを作ったことは許してもらえたのだろうか。

あぁ早く寧々花と話がしたい。

恋人タイム禁止期間が終わったら、話をしたい……と思いつつ、勉強を続ける。

――……as soon as possible は、できるだけ早く。not only A but also B は B as well as A と同じ。Not so much A as B は B rather than A と同じ……。

「――大貴《たいき》？　大貴！」

「え!?」

夜、晩ご飯が終わったリビングで英語の参考書を読んでいたら、急に母さんに話しかけられて飛び上がりそうになった。勉強に集中していたから、母さんがリビングにいるのも気づいていなかった……。

「な、何……？」

「ねぇ最近、寧々花ちゃんが寂しそうだと思わない？　何かあったのかしら？」

「あー…………そう？」

「そうよ。あんた、勉強に夢中で寧々花ちゃんのことちゃんと見てないんでしょ？」

「し、仕方ないだろ。ちょっとテストの結果悪かったから、集中して勉強頑張っているところなんだよ……」

「うーん……勉強大変なのも分かるけど、寧々花ちゃんのことも気にかけてあげてよ？　私から寧々花ちゃんに『何かあった？』って聞いても、『何もないです。大丈夫ですよ』としか言ってくれないの。亮介《りようすけ》さんが聞いても同じだって。まだほら、寧々花ちゃんはウチに来て半年も経《た》ってないわけだし、もしかしたら私たちには言えない悩みがあったりするかもしれないじゃない？　その時は、あんたの出番だと思うのよね」

「……うん……分かった。今度話してみるよ」

　母さんは返事を聞くと、俺から離れていった。

……明後日《あさって》には恋人タイム禁止期間も終わる。俺も寧々花と話をしようと思っていた。

　そういえば、どうして寧々花が俺に『彼女にして良かったと、思う？』って聞いたのか、まだちゃんと聞けていなかった。

同じ家に住んでいて、毎日顔を合わせていても、気になったことをすぐに聞けるとは限らないんだよな。むしろ毎日顔を合わせるから、突っ込んだ話をしにくいこともある。

俺たちの交際はまだまだ始まったばかりだし、同居だってそうだ。

たまにぶつかったり、距離を置いたりしながら、絆《きずな》は深まっていくのかもしれない。

俺は参考書を持って立ち上がると、自分の部屋に向かった。今日はいつもより早く勉強を切り上げて、明後日、寧々花にどんなことを話そうか考えようと思いながら。


そして二日後。

二週間みっちり勉強に励んだ俺は、志望大学の過去問で自己最高得点を取れるようになっていた。

「よし！　調子を取り戻した感じがするぜ！」

実力テストでやらかした時はどうなることかと思ったが、ここまで順調に学力アップしたところを見ると、一時的なスランプだったのかもしれない。

良かった。この調子で受験まで勉強頑張ろう。

今日は学校帰りに松岡《まつおか》が勧めてくれた参考書を買ったし、明日は土曜だからその参考書を確認しつつ勉強してみるかな……って待て待て。最近勉強モードが長すぎてついつい勉強しようとしてしまったが、今日はそれより大事なことがある。

寧々花と、話をしようと思っていたんだ。

恋人タイム解禁日を迎え、俺は寧々花とちゃんと向き合う決意をしていた。

――まずは、部屋に来てもらうか……。

スマホを手に取って、寧々花にメッセージを送ろうとすると……コンコンコンとドアがノックされた。

「大貴……？　起きてる？」

寧々花だ。

たった今呼ぼうとした人が自分から部屋に来てくれて、ドキッと心臓が跳ねる。

「お、起きてるよ、今、開ける」

ドアを開けると、パジャマ姿の寧々花がうつむき気味に立っていた。

お風呂上がりなのか、髪が少ししっとりしているように見える。いい匂いもして、二週間封じられていた煩悩が、封印を解こうと暴れるような気がした。

――ヤバイ。心臓がすでにおかしい。

このドキドキは緊張なのか、興奮なのか。

その時、細い指が俺のTシャツの裾をきゅっと握ってきた。

「ちょっと……来てもらってもいい？」

「うん？」

「来てって……どこに？」と聞く前に、寧々花は俺のTシャツを引っ張って歩き出す。連れていかれた先は——寧々花の部屋だ。

「ね、寧々花？　俺は夜に寧々花の部屋に入らない約束じゃ……」

「今日はどうしてもここで話したいの」

俺の背後でドアが閉まると、寧々花が俺に抱きついてきた。

正面からむぎゅうっと抱きつかれて、寧々花の柔らかな部分が惜しみなく俺の体に押し付けられる。

寧々花の部屋にいるせいか、いつもより寧々花の香りが濃く感じられて酔いそうだ。

「……俺の部屋じゃダメ？」

「ヤダ」

「どうしても寧々花の部屋じゃなきゃダメなの？」

「大貴のテストの結果が良くなかったせいで、二週間恋人タイム禁止だったんだよ？　大貴のペナルティなのに、私まで我慢しなきゃいけなかったんだよ？　このくらいのワガママ、許してくれてもいいじゃない！」

「す、すみません」

それを言われてしまうと、俺はもう拒否できないです。すみません……。

しばらく俺を抱きしめたあと、寧々花はベッドの縁に腰かけて、ポンポンと自分の隣のスペースを叩《たた》いた。

「座って?」

「はい……」

言われるままに隣に座ると、次に寧々花は自分の膝をポンポンと叩いた。

「ゴロンってして、ここに頭を乗せて?」

「え? それって……膝枕、ですか?」

「……世間ではそう言われる……かも」

寧々花の横顔はちょっと赤い。

本当にいいのかなと不安になって寧々花の横顔をじっと見ていたら、寧々花が頬を膨らませた。

「私の顔は見なくていいから、早く来てっ」

「は、はい……」

恐る恐る体を寝かせて、寧々花の太腿《ふともも》に頭を乗せる。

下から寧々花の顔を見上げると、いきなり頭を両手で摑《つか》まれてグルッと外側に向けられた。

「顔、見ちゃダメ！　横向きで！」

「りょ、了解です」

寧々花の太腿を枕にして横向きになると、寧々花の部屋の中がよく見えた。

――これはどういう状況なんだ？　今から何が始まるんだ？……てか、なんで寧々花の顔は見ちゃダメなの？

戸惑っている俺の頭を、寧々花が優しく撫《な》で始める。

撫でられる感触は穏やかで心地よくて、でも胸はドキドキしていて奇妙な感じがした。

「――大貴、二週間、お疲れ様」

「あ、お疲れ様……」

「勉強、頑張ってたね」

「うん……」

「やっと、恋人タイム禁止期間が終わったね」

「うん……」

「だから……大貴。今日は……お互いの気持ちをちゃんと話さない？」

「ん？」

「私ね……大貴に、自分の気持ちを聞いてほしいんだ。夏休みからいろんなことを考えて、悩んだの。そういうのを聞いてほしい。それから、大貴の気持ちを聞かせてほしい」

驚いた。

俺も寧々花《ねねか》と同じ気持ちでいたから。

「……もちろんいいよ。俺もさ……今日は寧々花とちゃんと話したいって思っていたから
――」

そう言って寧々花を見上げようとしたら――またグルッと首を元に戻された。

「なんで!?」

「か、顔を見られるのは、恥ずかしいからこのままで！　いい!?」

「わ、分かりました!!」

寧々花は俺の頭を撫で続ける。

俺はただ寧々花に撫でられながら、話しかけた。

「それじゃあ……どこから話そうか？」

「うん……まずは、夏休みにプールに行った時のこと。大貴は、楽しかった？」

「楽しかったよ。いろんな種類のプールがある場所に行くのは初めてだったし、ウォータースライダーも初めてだったし。……寧々花に下着を忘れたって言われた時には、すごくビックリしたけどね」

「その節は……本当にご迷惑をおかけしました……」

恥ずかしくなったのか、寧々花が俺の髪を摘《つ》まんで弄《いじ》り出した。

「ねぇプールで、私が大貴《たいき》の妹に間違えられたこと、覚えてる?」

「あ、うん。覚えてるよ」

「実は私ね……たぶん大貴が想像しているよりずっと大きなショックを受けていたんだ」

「え?」

「……お父さんが再婚して大貴と一緒に暮らすことになった時は、妹のフリをするだけで大貴と一緒に暮らせるなんて最高だなって思っていたの。妹のフリが上手《うま》いのも自慢だった。でもね、プールでは彼女に見られたかったの……だから、私って彼女っぽく見えないのかなって、自信を失《な》くしたんだ」

思い出す……あの日のことを。

通りすがりのおばさんに妹と言われた時、確かに寧々花の顔色が悪かった。

ウォータースライダーのスタッフのお兄さんが俺を『お兄さん』と呼んだことも、自分は妹に見えたのかと気にしていた。

そして——売店のおっちゃんに『妹さん』と呼ばれて、寧々花は帰りたいと言い出したんだ。

理由を言ってくれないから、俺が何かしちゃったのかと思ったけど……原因は妹に見られてショックだったからなのか。

いや違う、俺が何もしなかったのがいけなかったんじゃないか?

「ごめん。それは俺が……彼女ですってちゃんと言えば良かったよね……」

俺は寧々花をちゃんと彼女だと思っているし、他の無関係な人が間違えたところで気にならなかった。……普段は両親の前で仲のいい兄妹のフリをしているから、俺は兄妹に見られることに違和感がなかった。

でも、俺がもっと上手く立ち回れれば、寧々花はプールを楽しめたかもしれない。

「ううん……大貴のせいじゃないよ。私が気にしちゃったってだけの話で、大貴にこうしてほしかったとかは思ってないんだ。この話をしたのは……このあと私が暴走した原因がこの件にあったからなの」

「寧々花が暴走？」

「うん……妹に見られたのがショックだった私は、自分に彼女らしさが足りないんだと思ったの。それで、もっと彼女らしくなりたいと思って、お父さんたちが旅行に行っている間にコスプレしながらお料理してみようと思ったんだ……。大貴を喜ばせることができれば、彼女として自信が持てるんじゃないかと思って」

寧々花が属性大渋滞コスプレで料理を作っていたのと、プールで妹扱いされてショックだった出来事が繋《つな》がるのか。

キッカケが分かって、なるほど……と思った。

「でも私、途中で失敗して火傷《やけど》しそうになっちゃったじゃない？　上手にできなくて、逆に彼女としての自信をますます失くすことになっちゃったんだよね……」

「お、俺がちゃんと喜びを伝えなかったのがいけなかったかな？　すごいサプライズだったからビックリしちゃって反応できてなかったかもしれないけど、寧々花が可愛《かわい》い格好で料理を作ってくれるのは嬉《うれ》しかったよ！　俺のせいで、不安になった？　ごめん」

「……大貴は優しいね。いつも私のことを気にかけてくれるし、心配してくれる……」

「当然じゃん……彼女なんだから」

その時、寧々花の手が止まった。

「寧々花……？」

気になって寧々花を見上げようとすると、寧々花の手に目を塞がれた。

「わっ」

「……ごめん、私、変な顔してるから見ちゃダメ……」

「へ、変？」

「うん、大貴がビックリしちゃうくらい変な顔。だから、このまま聞いて。——私は大貴を喜ばせたかったんだ。でも大貴がいっぱい喜んでくれても、私は落ち込んでいたと思う。だって私は、大貴が喜んでいるかどうかよりも、自分が上手くできているかどうかばかり気にしていたから。私は大貴に認めてもらいたかったんじゃなくて、自分を満足させたかったんだ。だから上手くいかなくて、落ち込んじゃったの」

妹モードになって甘え始めた寧々花のことを思い出した。

あの時寧々花は『…………私また、彼女らしいこと、ちゃんとできなかった……。私、彼女らしいことに向いてないのかな……』って言ったんだ。

『また』っていう言い方が当時も気になったけど、それがプールでの出来事を指していると分かった。そのあと『…………もういいや、私、妹でいいや。今日はもう、彼女らしくするの、やめた……』といじけてしまったのは、寧々花が自分のことを認めてあげられなかったからだったんだ。

「俺は寧々花のことを、義理の妹である前に彼女だと思っているのになぁ。寧々花がうっかりやさんなところも含めて可愛いと思っているから、自信持っていいと思うけど……」

「うん……全部、私の気持ちの問題だったんだ。大貴は私をいつも大事にしてくれていると思う」

「本当？　俺、寧々花のことちゃんと大事にできてる？　寧々花が不安そうだったから、俺は大事にしている『つもり』で、本当はちゃんとできてないのかなって不安になっていたんだけど……」

「大丈夫だよ！　大貴はいつも大事にしてくれてる!!」

いきなり寧々花が手をどけて、俺の顔を覗《のぞ》き込んできた。

すぐ真上に寧々花の顔がよく見える。

しかし寧々花はハッとすると、また俺の視界を手で塞いでしまった。

「……私が不安になった原因は全部私にあって、大貴は何も悪くないんだよ。大貴を振り回しちゃったから、本当にごめんなさいなの。大貴が実力テストで実力を発揮できなかったのも、私のせいだと思う……」

「そんなことはないよ。テストはちょっとスランプだっただけだって」

確かに寧々花のことも気になっていたけど、寧々花のせいにするのはお門違いだ。それこそ俺の気持ちの問題で、俺がダメだった原因は全部俺にある。

二週間みっちり勉強して自信を取り戻せるような大したスランプじゃなかったし、寧々花が気にすることはない。

するとややあって、寧々花が俺に聞いた。

「ねぇ……私が妹モードになってお風呂に入れてって言い出した時は、大変だったでしょ？　幻滅……しなかった？」

「え？　幻滅？　妹モードになって甘えてくる展開には驚いたけど、幻滅なんてしてなかったよ？」

「でも……大貴のご子息、変身してなかったじゃない？　私に魅力を感じなくなったからじゃないのかなって、部屋に戻ってからちょっと気になってたんだけど……」

「へっ!?」

あの時は確か、脳内で小悪魔ネネカと天使ネネカにあーだこーだ言われながら、必死に寧々花のことを洗っていたんだ。

寧々花に幻滅して、興味がなくなったから息子が反応しなくなったわけじゃないのに、寧々花はそんなことまで気にしていたのか……。

「あれは……変身しないように努力した結果です……。寧々花に魅力を感じなかったからじゃないんだよ……。むしろ、魅力はとても感じておりました……」

「そ、そうだったの？」

「うん。それはそれは……ドキドキしておりました……」

「そっかぁ……」と寧々花がホッと呟《つぶや》く声が聞こえた。

俺の息子は変身しても寧々花に心配をかけるが、変身しなくても寧々花に心配をかけてしまうらしい。なんて悪い男だ。憎い奴《やつ》め。

「寧々花……俺からも聞きたいことがあるんだけど、いい？」

「うん……」

「夏祭りで焼きそばを買いに来た時に、どうして他のお客さんみたいに素っ気ない感じで、買ったらすぐに帰っちゃったの？」

「あ、えっと……それは……」

寧々花が口ごもった。

「それは……大貴が、いつもより格好よくてドキドキしちゃったから……」

「え？　いつもよりカッコいい？」

予想外の返答に、思わず聞き返してしまった。

「だってだって、前髪上げて、髪型がいつもより大人っぽい感じだったじゃない？　屋台のお手伝いに行くとは聞いていたけど、あんなにカッコいいなんて聞いてないし！」

「そ、そんなに違った？」

「あの日の大貴はとにかく格好よかったよ！　焼きそば作る熱い眼差《まなざ》しとか、コテを使う腕の筋肉とか、光る汗とか、格好よすぎだった！　周りのお客さんも、大貴のことをカッコいいって話していたよ。私なんていつも一緒に住んでいるのに、彼女なのに、ドキドキしすぎて焼きそば買うだけで精一杯だった……」

推しを語るファンみたいに、息巻いて祭りの日の俺の格好よさを説明してくれる寧々花。

嬉しいを通り越して照れる。素っ気なかったから、そんな風に思われていたとは知らなかった……。

「しかもだよ!?　そのいつもに増してカッコいい大貴が、彼氏いないとか一人でお祭り来てるとか弄られている私のところに颯爽《さっそう》と現れて、彼氏だって言うんだよ？　胸キュンしすぎて、大変だったんだから……」

「あれ？　俺……夏祭りで勝手に彼氏っぽいことをして寧々花を怒らせちゃったと思って

いたんだけど……もしかしてあまり怒ってなかった？」

「え……全然怒ってなかったよ」

「嘘《うそ》!?」

「本当だよ！　大貴は私を助けてくれたんだし、怒らないよ。あ、ドキドキしすぎて軽くパニックになってたから、助けてくれたお礼言ってなかったっけ？」

「うん……言われてないかも……」

「あぁぁぁごめんね！　私、本当に嬉しかったんだよ。助けてくれてありがとうね。あの日は本当に、ドキドキしすぎで訳が分からなくなっちゃってたの。彼女扱いされて舞い上がっちゃって、しばらくテンションがおかしくて、落ち着こうにもいつもどんなテンションだったか思い出せなくて。それで怒っているように感じさせちゃったんだね……本当にごめんね」

寧々花《ねねか》が俺の頭をいっぱいよしよししてくれる。片手は俺の目を塞いだままだけど。

本当は怒ってなかったと分かって、すごくすごくホッとした。

最近甘えようとしてくる寧々花を見て、もう怒ってないのかなとは思ったけど、最初から怒ってなかったんだ。

肩の力が抜けて、寧々花の太腿《ふともも》から伝わる温かさとか、撫《な》でてくれる手の優しさが一段と心地よく感じられた。

「聞かなきゃ分かんないものだなぁ。勝手に想像していた寧々花の気持ちは、ほとんど当たってなかった……」

「私も。きっとこうだ、たぶんこうなんだって、悪いほう悪いほうに勝手な想像をしていた。不安になった時点で大貴《たいき》にちゃんと話していれば、こんなにこじらせずに済んだかも」

「『あれ？』って思った時にすぐ聞くのも勇気が要るけどさ……実際は自分が身構えているよりあっさり解決する問題だったりするんだろうな」

「うん」

「寧々花も、これからは一人で悩まず、遠慮しないで俺に気持ち伝えてよ。俺、寧々花が好きだから、寧々花とは話し合えば分かり合えると思ってるからさ……」

　ポタッと、頬に何かが落ちてきた。

　何か、ではない。見なくても分かった。

　これは寧々花の涙だ。

「寧々――」

「――私の今の気持ち、聞いてもらってもいい？」

「う、うん……」

　寧々花の声は涙で濡《ぬ》れていて、俺の胸をかき乱す。

「お父さんたちの旅行が終わってから……恋人タイムができなくなっちゃって、そのうち夏休みが終わって、大貴が勉強に集中することになったじゃない？　なんだか全然、恋人タイムできてないよね……？」

「そうだね……随分してないような気がする……」

「ずっと妹モードでいることになっちゃって、妹としての自分しかいなくなったような気がして寂しかったよ……」

「うん……寂しい想《おも》いをさせて、ごめん」

やはり寧々花が寂しそうにしている原因は、恋人らしい時間が減ったしまったせいだったんだ。きっと本当は、二週間の恋人タイム禁止期間を一生懸命耐えてくれたんだ。

「それでも大貴と一緒に暮らし始めた頃の私だったら、大貴と一緒に暮らせるだけいいやって思えたと思う。でも今の私は、それだけじゃ物足りなくて、だんだんそれだけじゃ満足できない自分がいて……私、もっと彼女として大貴と触れ合いたいって思ったんだ……」

俺は我慢できず、寧々花の手を動かすと体を起こした。

俺の横に座っている寧々花は目がウルウルしていて、瞬《まばた》きした弾みで大きな涙がポロリと零《こぼ》れた。

「私は、もっと大貴と恋人らしいことがしたい。大貴と一緒に過ごす時間が少ないと、寂しくて悲しい。もっとぎゅっとしてほしいし、キスもしてほしいよ……」

——こんなに泣くほど、寂しかったのかよ。

さっきから俺に顔を見せないようにしていたのは、ずっと泣きそうだったからみたいだ。

寧々花に寂しい想いをさせてしまったことが申し訳なくて、ずっと我慢していた寧々花がいじらしくて、俺のことを好きな寧々花が愛《いと》おしくて、俺は寧々花を強く抱きしめた。

誤解が解けると、急に心の距離が縮まった気がした。

素直な気持ちを聞かせてもらって、寧々花が好きだという気持ちが際限なく込み上げてくる。

「じゃあまた恋人タイム、いっぱいしてもいい？」

「うん……してほしい」

——学校でも、寧々花を俺の彼女だって言えたらいいのにな。

そんな欲を感じたけど、噂《うわさ》の大学生彼氏が俺だと分かったら学校で大騒ぎになること間違いなしだ。さすがに学業や入試にも支障をきたすかもしれないし、ここはグッと我慢する。

「ねぇ、大貴……」

「何？」

「あの、あのね、き……キスしたいの」

か細い声で、寧々花が言う。

そして少し体を離すと、俺をゆっくり見上げた。

寧々花の頰は、目の近くまで赤く染まっていて、切なげな表情に情欲がそそられる。

顔どころか、自分の体全体が熱くなるのを感じた。

寧々花の羞恥でかすかに震えている姿が、じりじりと俺の理性を焼き潰していく。

「……ごめんね、私、最近、ずっとそんなことばっかり考えちゃっていたの……。早く大貴に自分の気持ち話して、謝って、前みたいにラブラブしたいって思っていた時に、恋人タイム禁止になっちゃったから……ずっと我慢していたけど……」

一生懸命自分の想いを口にする寧々花に、心が揺さぶられる。

「だんだん我慢するのが辛《つら》くなって、大貴にぎゅっとしてもらう夢とか、キスしてもらう夢まで見ちゃって……私、実はすごく……すごくえっちな子なのかもしれない……」

あぁもう限界。可愛《かわい》すぎる。

寧々花の頰に手を添え、唇を重ねた。

驚いてハッと息を吞《の》むところとか、ピクンと体を震わすところとか、可愛い。

小さく漏らす吐息も、縋《すが》るように俺の背中で動く手も可愛い。

本当に全部可愛い。

寧々花と付き合えたのも、寧々花と義理の兄妹になれたのも、幸せだ。

彼女としても天下取れるくらい可愛いし、義理の妹としても世界最高クラスに可愛い。俺にぎゅっとしてもらう夢とか、キスしてもらう夢を見るだけでえっちってなんだよ。

俺が今までに見た夢なんて、寧々花には話せないものばかりだよ。

同級生の男子に話せば理解してもらえるだろうけど、女子に話せばドン引きされること間違いなしの内容の夢だって見たことがある。

そんな可愛い願望だけでえっちな子だと思ってしまうというのなら、どんどんえっちな子になってもらって構わない。

俺の前では、どんどんえっちな子になってほしい。

「――寧々花、大好きだよ。どんな寧々花でも、大好きだよ」

「私も…………大貴が、好き。大好き」

たくさん抱きしめて、たくさんキスした。

寧々花が満足するまで、何度も何度も。

ようやく寧々花が俺の背中から手を離した時、寧々花の目はとろんと蕩《とろ》け、何度もキスした唇はいつもより赤く色づいていた。つやっと光っていて、煽情的《せんじょうてき》だ。

「満足した？」

「ん…………満足した……」

声すら色っぽくて、俺の脳内の小悪魔ネネカが寧々花に乗り移ったんじゃないかと思ったくらいだ。

『――そのままベッドに押し倒しちゃえば～？』

噂をすれば、脳内に小悪魔ネネカの気配。

俺の中に巣食う悪魔が、俺を唆す。

『あんなに熱～いキスしちゃったら、大貴のご子息だって熱～くなっちゃったんじゃな～い？　汗かいて冷えると風邪ひいちゃうかもしれないし、涼しくなるように服脱がせてあげたほうがいいんじゃな～い？』

――俺は息子に熱耐性を持たせる修行をさせているんだ。熱くて好都合ハハハ。

『でもガチな話、ご子息は涼しくさせてあげないと、子孫繁栄のための機能が悪くなるっていうから～。それじゃあ、いつか寧々花も困っちゃうかもよ～ん？』

――俺の息子は、この程度で子孫繁栄のための機能を悪くするほど弱くないわ！　たぶん。

脳内で小悪魔ネネカをあしらうことで、現実世界で色気駄々洩《も》れの寧々花から気を逸《そ》らしていると、色気駄々洩れ寧々花が俺の服をちょいちょいと引っ張ってきた。

「ん？　何？」

「あのね……もう一回、彼女らしいことに挑戦してみてもいい？」

「うん？……いいけど？」

「じゃあ……一旦部屋を出てもらって、ドアの前で待っていてもらってもいい？」

「おう……分かった」

言われた通り部屋を出て、ドアの外で待ってみる。

──一体これから何が起こるんだ？　もう一回彼女らしいことに挑戦してみたいと言っていたが、何をする気だ？

『体中にクリームを塗って、フルーツ盛り付けて、美味《おい》しく召し上がれ～っとか？』

──ないない。絶対ないない。そういう想像をするなよ、俺。

……と自分を諫《いさ》めつつ、いろんな妄想をしてしまう。

何しろ寧々花は一度、彼女らしいことをしたいと言って属性大渋滞コスプレに挑戦したことがある。俺の想像の斜め上をいく恐れもある。

取り敢《あ》えず何が起きてもいいように精神統一して、体中の熱くなったところを一旦リセットだ。

──……えー、精子や卵子を作るもとになる細胞を、始原生殖細胞といいます。始原生殖細胞は精巣内で精原細胞に分化、卵巣内で卵原細胞に分化するんですねー。精原細胞は体細胞分裂を繰り返して増殖し、一次精母細胞に成長。そこから減数分裂第一分裂を経て二次精母細胞になり、減数分裂第二分裂を経て精細胞になります。その精細胞が変形して精子になるんですねー。つまり一個の一次精母細胞から作られる精子は四個なんですよー。

うーん……頭冷えてきたな。俺の息子もスンとした顔になった気がするぞ。

「…………大貴、入っていいよ」

ついにドアの向こうから入室許可が出た。

ひとまず勉強について考えるのは中断。ドキドキしながらドアノブに手を伸ばす。

さてさて、寧々花《ねねか》は一体部屋でどんな準備をしていたというのか……。

「入るぞ……？」

ゆっくりドアを開けて部屋に入ると、寧々花はなぜかタオルケットで体を包んでいた。

机の上には、綺麗《きれい》に畳まれたパジャマがある。さっきまで寧々花が着ていたものだ。

これは……下にパジャマじゃない何か着ているというのか。

「あのね、私、この前気づいちゃったんだ。普通の人はコスプレをする時に、水着エプロンと猫耳ナースと小悪魔コスプレは同時にしないって」

「お、おう？」

「ちょっと、詰め込みすぎちゃったなって反省したんだ。大貴が好きそうなものを全部取り込んだらいいんじゃないかって思ったけど、詰め込みすぎると各々の良さが分かりづらくなっちゃうんだね……」

どうやら寧々花は、属性大渋滞コスプレのデメリットに自分で気づいたらしい。

ということは、あのタオルケットに隠された衣装は、水着エプロンか猫耳ナース服か小悪魔衣装のどれかということか？

「うーんと……それで、本日の衣装のテーマは？」

「……本当に迷いました。持ち合わせの衣装で再挑戦することも考えました。しかし、先日私は、大貴《たいき》がSNSに投稿されたとある衣装の女の子のイラストに釘付《くぎづ》けになっているのを目撃したのです」

「え……」

待て待て、何のイラストだ？

俺はSNSで好みのイラストを描くイラストレーターさんを何人もフォローさせてもらっている。それこそちょっと肌色の面積の多いイラストを見ていることもあったんだが……寧々花は何のイラストに釘付けになっている俺を見たんだ!?

「頑張って、似ているやつを探したんだよ……？」

寧々花がはらりとタオルケットを取る。

下から現れたのは、薄手のキャミソール……いや、確かあれはベビードールという名のセクシーな下着だ!?

ザックリと深く開いた胸元の隙間からは谷間が覗《のぞ》き、薄いミニスカートの下には寧々花の素肌や、ショーツまでもが透けて見える。

一度冷めたはずの体が急激に熱くなる。

寧々花の格好を見て、ＳＮＳのタイムラインに流れてきた好きな絵師さんのイラストを一瞬で思い出した。確かにこんなベビードールを着た女の子のイラストを見ていました！　細部まで描き込まれていて、光の具合がすごく綺麗でガン見してたわ。すっごく好みのイラストだったから、それこそ隅から隅まで見させていただいたんですが、寧々花はそんな俺をどこからか見ていたんですかね!?

俺は寧々花を直視できずに目を逸らした。

いやいやいや、これは直視していたらさすがにマズイ。惑わされる。

しかし水着とも普通の下着姿とも違う艶《あで》やかさが、俺の煩悩ワールドを超展開する。

『襲ってくださいって言っているようなものじゃな〜い？　据え膳食わぬは男の恥よ〜？』

脳内の小悪魔ネネカが俺に囁《ささや》く。

すでに煩悩たちは据え膳を食おうとテーブルに着き、乾杯の合図を待っている。

腹を空《す》かせた煩悩共が、飢えた獣のように涎《よだれ》を垂らす。

――みっともないぞ。涎を拭け。俺はもう知っている……寧々花はこんな格好してもなぁ、俺に襲ってもらう気はないんだよ!!　たぶん。

『じゃ何？　見てるだけでいいの〜？　こんなに美味しそうなのに〜？』

そうだそうだと煩悩たちが叫ぶ。

参ったぞ……俺の中の煩悩ゲージが溜《た》まっていく。

可愛いベビードール姿の寧々花は、イラストの女の子より俺好みだった。

しかも寧々花は三次元にいるから、触れようとすれば触れられるんだ。この誘惑がデカイ。

本当に美味しそうだ。

クリームで美しくデコレーションして、キラキラ光る宝石のようなフルーツをトッピングしたケーキのようだ。見た目が美しいだけでなく、食べても美味しい三ツ星スイーツに違いない。

『美味しく召し上がれ』ってどこかに看板でも立っていないのか。

「大貴、遠慮しないで見ていいよ？　大貴に見せてあげたくて用意したんだから、見てもらえないと困っちゃう……」

寧々花が視界に入らないようにしていたら、寧々花のほうから視界に入るように移動してきた。

小首を傾《かし》げて俺を見上げるその角度、可愛すぎるッッッ!!

「みみみ見て、それでどどどどうすれば？」

「えっと……思う存分見ていいよ？　好きなところから。あ、あんまり恥ずかしいのじゃなければ、好きなポーズを取ってあげてもいいし。いっぱい見て？」

やたらと『見る』のをオススメしてくる寧々花。

なんだこの違和感は……。

『……寧々花はきっと、大貴がこういう格好の女の子を見るのが好きだと思っているのです。見るのが、です』

『お腹空《なか》いたぞー!!』と未就学児みたいに煩悩たちがダダをこねる煩悩レストランに、天使ネネカが登場した。天使ネネカが俺の中の違和感を紐解《ひもと》く。

――つまり、見るだけですか？

『ですです』

――何をするでもなく、ウォッチングするだけ？

『なのです』

――なーるーほーどぉぉぉぉぉ??

美しい海を見るのが好き、可愛《かわい》い子犬を見るのが好き。……そんな流れで、俺はベビードールを着た女の子を見るのが好きだと思われているのか。

うん、見るのは好きなんだけど、観賞するのが好きとはちょっと違うと思うんだ。本当は観賞するだけじゃなくて、もっとこう……ね？

うーん……どうやって説明すればいいのかな？

「もっと近くで見てもいいよ？」

「えっとぉ……？」

寧々花がベッドに座る。そしてさっきみたいに隣のスペースをポンポンと叩《たた》いた。

あぁもうそこに座っちゃうと余計に誘っているようにしか見えないんですよ、寧々花さん。これ以上俺の煩悩たちに誤解を与えないであげてください。今、目の前にある据え膳は食べることのできないサンプルだと分からせないと……。

「恥ずかしいけど……一枚だけなら……写真、撮ってもいいよ？」

「へっ!?」

だんだん大胆なことを言い出す寧々花。

写真って……俺のスマホにこんなあられもない姿の寧々花の写真があったら、毎日こっそり見ちゃいますけど、いいのか!?

彼女公認だからいいのか!?

ただもう俺はスマホを、絶対にどこにも落とせなくなるぞ……。

学校で落ちていたスマホを誰かが拾って、親切に持ち主の情報を探そうとした時、うっかりアルバムを開いてベビードール寧々花を見つけてしまったら……一大事だ。

スマホにロックをかける方法もあるが、俺が直前にスマホを弄《いじ》った状態で落とせば、次に拾った人はロック画面なしでスマホを操作することもできる。

そうじゃなくても、ふざけて入力したセキュリティーコードが大当たりで、スマホのロックが解除されることもあるかもしれない。

俺以外の人がベビードール寧々花を見た瞬間、スマホからビームが出て、見た人の網膜を焼く機能がないといけない。

いやそれでは遅い。

スマホを落とした瞬間に爆発する機能をつけておかないと危険だ。

――くっ……写真、撮りたいけど、リスクが大きすぎてそこまではできない……。

「しゃ、写真は……別の格好の時にさせてもらおうかな……？　ほら、スマホにこんなに可愛い寧々花の写真があったら、寧々花の写真ばっかり見て勉強に集中できなくなりそうだし……」

「あ、そっか。それはいけないね。じゃあ、今のうちによく見ておいてね？……私、大貴と仲直りしてホッとしたらちょっと眠くなってきちゃったから、もうちょっとで鑑賞時間は終了しちゃうよ？」

ついに寧々花がベッドの上にコロンと転がってしまった。

本当に眠そうに目を擦《こす》っているんだが、その仕草すら妙な色気を感じさせる。

「えぇ……本日は大変良いものを見せていただきましてありがとうございました……。眠そうだし、そろそろ俺も部屋に戻ろうかな？」

『ここまで来たのになんで食べられないんだよぉぉぉ』と暴れ出す煩悩たちは無視だ。

空腹の人間の前に美味しそうな料理を持ってきて、『見ていいですよ。でも、あげません』って言ってるようなものだから、煩悩共が怒る気持ちも分かるんだがな……。

『お腹を空かせた煩悩たちを無視するなんてひどいわ～。みんな、大貴の一部なのに～』

――俺の一部なら分かってくれよ。今はその時じゃない。

『えぇ～!?　そんなの変よ～!!　二人は付き合っているのに～!!』

『付き合っていれば、いつどこで何をしてもいいってわけじゃないのです!!　物事には順序とタイミングがあるのです!!』

――よく言った、天使ネネカ。そのまま小悪魔ネネカと煩悩たちをテーブルから追い出してくれ!!

『はいなのです!!』

脳内で理性と煩悩がぶつかってバチバチしているが、俺は澄ました顔で寧々花を見る。

目が合うと、ベッドに転がった寧々花がニコッと微笑《ほほえ》んだ。

「喜んでもらえた……かな?」

「うん……嬉《うれ》しかったよ」

「良かった……えへへ」

寧々花が俺の手を摑《つか》んで、ぎゅっと胸元に引き寄せた。

俺の右手さんが、寧々花の胸の谷間で大事そうに抱きしめられてしまう。

オーナーさん、今日は据え膳を見る会でしたよね？――これじゃあ見るだけになってないんですが!?

寧々花《ねねか》と接触した右手に、柔らかな感触。

そこから全身にビリビリと煩悩電流が走る。

『ふふふっ！　宴《うたげ》はまだ終わっちゃいないわよ～！　さぁ乾杯しましょ～!!』

一気に煩悩軍団が活性化した。

理性軍団は、煩悩電流に痺《しび》れて動けない。

『そんな……大貴……ダメなのです……！　小悪魔ネネカの言うことを聞いちゃダメなのです……！』

『ほらもう、触っちゃいなさいよ～。本当は触りたいんでしょ～？』

『大貴……！　正気を保つのです……！』

『正気なんて捨てちゃいなさいよ～。我慢ばかりしていたら体に毒よ～？　自分を苦しめるばかりなんて、なんだか変じゃな～い？』

『煩悩に……負けちゃ……ダメなのです……』

だんだん天使ネネカの声が遠くなる。

俺のすぐそばにいるのは、小悪魔ネネカだけ……。

『ねぇ、寧々花に触ったらどうなるか、想像してみて……』

――寧々花に触ったら……どうなるか……。

小悪魔ネネカに誘惑されるままに、このまま寧々花に触ったらどうなるのかを想像してみた。

――『寧々花……見るだけで終わると思ってるの？　そんなえっちな格好で誘惑されたら、もう我慢できないよ』

――『あっ……大貴《たいき》っ、見るのが好きだったんじゃないの……？』

――『見るのも好きだけど、ただ見るだけじゃ男は満足できないんだよ』

――『え？　ひゃっ、そこ触っちゃイヤぁ』

――『いろんなところに触れて、もっともっと寧々花を可愛くしたい』

――『待って……ねぇ、恥ずかしいよぉ……』

――『寧々花のいつもと違う顔が見たいんだ……』

――『んッ、やだ……そこ、くすぐったいよぉ……』

――『くすぐったいところはね、性感帯なんだよ。知ってる？』

――『性、感……帯？』

――『寧々花の気持ちいい場所って意味』

――『んんぅ、大貴ぃ……私なんだか、変になっちゃいそうだよぉ……』

そんなこと言われちゃうと、もっと変になってもらいたいのが男の本音。上に凸《とつ》した俺の二次関数グラフの最大値がぐんぐん上昇する。そのうちグラフから突き出ちゃうんじゃないのか……。

『——サイン・コサイン・タンジェントぉぉ!!』

——イテェ!!

寧々花を押し倒す妄想に囚《とら》われていた俺を、天使ネネカが三角定規の角で殴ってきた。まさか脳内で攻撃を受けると思わなかったぞ。どういう原理だ。

しかも三角定規を凶器にするなんて恐ろしい。現実世界でやられたら、頭に穴が開いて死ぬぞ。

「大貴？　どこか痛いの？」

現実世界の寧々花が、心配そうに聞いた。

「だ、大丈夫……あはは」

妄想が進みすぎて脳内でストッパー役に殴られただけです、とは言えない。

取り敢《あ》えず笑って誤魔化した。

妄想ワールドがアップグレードして、俺の脳内に欲望を代弁する小悪魔ネネカと、理性的な心を代弁する天使ネネカが生まれて喧嘩《けんか》するようになったと言ったら、寧々花はどん

な反応をするだろうか。

受験って、大変だよね……と憐《あわれ》みの目を向けられそうだ。

言わないでおこう。言わなきゃバレないんだから。

『大貴！　ちゃんと聞くのです！　寧々花はこの姿を見ているだけで大貴が喜ぶと思っているのです！　だから見て喜ぶだけにするのです！』

三角定規を担いだ天使ネネカが、俺に釘《くぎ》を刺してきた。

——ですよね。俺もそう思います。だから、俺は今この状態で、何もせずに堪えるしかないんですよね。

『ですです！』

『天使ネネカ～！　あなたって小悪魔ネネカの私より悪魔みたいなこと言うわね～！　見せて喜ぶだけ喜ばして、何もあげないなんて鬼畜よ～。あなた、今度から鬼畜ネネカって呼ぼうかしら～』

『な、何なのです!?　小悪魔ネネカが酷《ひど》いこと言うのです!!　イジメなのです!!』

——しかし天使ネネカの言っていることも、なかなか酷いことなんだぞ。思春期男子の生殺しの罪でそのうち堕天するんじゃないか？

『誰のツッコミのおかげで、理性を保てていると思っているのです!?　理性全員と一緒にボイコットするですよ!?』

——あ、それはキツイです。勘弁してください。

幾度となく訪れた煩悩との闘いの中、俺が紳士であり続けられたのは、ひとえに俺の中の真面目で健全な理性たちのおかげだ。

彼らに愛想を尽かされたら、俺は一瞬で性欲モンスターに変貌し、小悪魔ネネカ率いる煩悩軍団に操られるまま寧々花に襲いかかり、気がつけば朝チュンしているだろう。

——俺を見捨てないでください。寧々花とは順序良く恋愛のステップを踏んでいきたいんです。親に勘当されたくないんです。

これ以上煩悩の活動が激化する前に、寧々花の部屋から出たい。

しかしなぜか寧々花は、俺の手を放そうとしない。

「寧々花、そろそろ手を放してもらってもいい？」

「うーん……もうちょっとだけ……」

俺の手が気に入ったのか、幸せそうに頬でスリスリしてくる。

あぁあぁぁぁぁぁぁもう！　かくなる上は、捨て身の特攻作戦だ。

「そろそろ離してくれないと、寧々花のこと、穴が開くぐらい見ちゃうけど……いいの？」

「え？」

じ————————っと真剣な顔で寧々花を見てやると、寧々花の肌がほんのり桜色に色づく。

あまりの俺のガン見ぶりに緊張してきたのか、呼吸が浅く速くなった。

「見ていいよ」と散々言っていたのに、ここまで見られると恥ずかしいのか？

可愛《かわい》い反応するよなぁ……まったく。

俺の理性が限界を迎えるのが先か、寧々花が羞恥心に負けるのが先か、勝負といくか。

「あの……あのね、大貴」

なんだ？　もう降参か？　意外と早かったな。

安心して「何？」と聞くと、寧々花が小さな声で「お願いがあるの……」と言い出した。

「お願い？」

「うん。私、彼女らしいこと頑張ったでしょ？　だから、大貴にもちょっとだけ、彼氏らしいことしてほしくて……」

「ん？　それは……何をすればいいの？」

「うん……あのね……キスマークっていうのを、つけてほしいなって、思いまして……」

「!?」

驚きすぎて、俺の中で天使ネネカと理性さんたちが凍り付いた。

寧々花の口からキスマークなんて単語が出てくるとは……。

「き、キスマークって何か知ってる……？」

「もちろん知ってるよ！　男の子が喜ぶことについて調べている時に、キスマークについいて書かれたネット記事を読んだの。唇じゃないところに強くキスすると、赤い痕がつくんだよね。大貴の彼女の印って感じがして、憧れるんだけど……」

衝撃のご要望に、俺の心臓が爆発しそうなんですが……。

「……ど、どこにつけてほしいの？」

「えっと、えっと……」

寧々花がベッドで体を起こし、自分の体を見回す。

今の寧々花の服装は大変開放的なので、どこでもキスマークつけ放題だ。

「友達に見られるところにつけちゃうと、何か言われちゃいそうだし、でも、自分で見える場所につけてほしいから……ど、どこがいいのかな？」

「どこがいいって、えぇっとぉ……？」

俺に聞いちゃうんですか……？

首なんか、誰かに見られちゃう場所ナンバーワンだよな。鎖骨のあたりも服に隠れにくい。腕も、まだ半袖シーズンだから見えやすいか？　太腿《ふともも》も危ないかも？

「お腹《なか》とか？」

「お、お腹は、恥ずかしいなぁ……」

ここに来てお腹もダメときた。それじゃあもう……。

「この辺でも、いいの？」

ベビードールの襟ぐりから見えている胸のふくらみの上部を指差すと、寧々花は顔を赤くした。

「うん……そこでいい」

マジか。いいのか。

不安と高揚で心臓がおかしい。でもここまで来たらもう引けない。

キスマークをつけるだけだ。十八歳未満お断りなことをするわけじゃない。

——やるしかない。

寧々花の胸元に顔を寄せつつ、ベビードールの胸元を少しだけずらした。

できるだけ普段見えにくいところで、捲《めく》って問題のない場所ギリギリを責めにいく。

「うぅんッ」

いきなり寧々花が声を上げて、俺の頭を手で押さえつけた。

「ど、どうした？　俺、まだ何もしてないんだけど……」

「ご、ごめん。大貴の髪がくすぐったくて……。大丈夫、頑張って我慢するから、どうぞ……」

「お、おう……」

許可も出たので、キスマーク作業を続ける。

寧々花の胸に唇を寄せて、ちょっと吸ってみる。しかし、痕は全然つかない。

――俺、キスマークつけたことなんてないんだけど、どうしたらいいの？

そもそもキスマークっていうのは、強いキスをした時に肌に残る痣《あざ》だ。強く肌を吸ったことで内出血した部分が、痣になる。逆に言えば、内出血するくらい吸い上げる必要があるんだが……。

――もっと強く……して大丈夫かな？

二回目。さっきより強く吸ってみる。

「んん…………っ」

寧々花《ねねか》の悩ましい声がするが、もうちょっと……。

息の続く限り吸ってから唇を離すと、寧々花の胸に赤い痣が咲いていた。

「できた」

「ほ、ほんと？」

俺が寧々花から体を離すと、寧々花は自分の胸元を見下ろした。

「ほんとだぁ……えへへ。すごいね」

キスマークをつけてあげただけなのに、なんていい顔で笑うんだ。

ベビードールを着て胸にキスマークをつけているのに、寧々花の笑顔は無邪気で無垢《むく》。

このアンバランスさが寧々花の魅力で、俺は酔わされる。

――あぁもう参ったな……。

俺は——寧々花を抱きしめて、ベッドに倒れ込んだ。

向き合って抱きしめたままベッドに横になると、寧々花の服は薄いから体がカアアッと熱くなるのがよく分かった。

「た、大貴《たいき》……？」

「……寧々花のお父さんが再婚したのがうちの母さんで、寧々花の義理の兄妹になったのが俺で良かった」

淡々と言うと、寧々花が俺の腕の中でもぞもぞ動いて、俺の顔を見上げた。

「わ、私もそう思ってるよ」

「うん……でも、寧々花は俺と同居できてラッキーくらいしか思ってないだろうけど、俺はそれだけじゃなくて……ホッとしてる」

「ホッとしてる？」

「うん。だって寧々花のお父さんは別の女性と再婚する可能性だってあって、もしかしたら別の兄か弟ができる可能性もあったんだぞ。そうしたら、寧々花が何をされるか分かったもんじゃないからな」

「え？　何されちゃうの？」

不安そうに聞いてくる寧々花の背中に手を入れると、寧々花がビクッとした。

——……こんなに可愛い寧々花と同居して、表向きだけでも理性的でいられる男は、俺しかいないと思う。だから、寧々花の義理の兄が俺で本当に良かったよ。

「隙ありすぎだから、あんなことやこんなこともされちゃったかもな」

寧々花のすべすべの背中を撫《な》で、脇腹に指を滑らせる。

寧々花はくすぐったそうに身を捩《よじ》ろうとするが、抱きしめて逃がさない。

逃げ場をなくし、脇腹を執拗《しつよう》にくすぐってやる。

「ひゃあっ！　ま、待って、ああっ、く……くすぐったいのぉッ」

「隙があると、こういうこともされちゃったかもな」

「あ、あ、ふにゅっ、にゃ、にゃ、も、もし義理の兄妹になったのが大貴じゃなかったら、はひゃっ、隙なんて、絶対に見せないもん！　んんんッ！　にゃあンッ」

くすぐられすぎて涙目になった寧々花の泣き声が、猫みたいになってきた。

「どうだかなぁ……ワイシャツの胸元のボタンが外れているのなんて、しょっちゅうだし。リビングで寛《くつろ》いでいる時に、パンツ見えていることもあるのに？」

「そ、それは、はにゃぁあんッ！　んぅ、い、一緒に住んでいるのが大貴だから、つい油断して、お、お父さんと二人暮らしだった時のくせが出ちゃうだけ！　他の誰かが家にいるなら、絶対に気をつけてる！　う、う、んぅぅぅ！」

「可愛い服見つけたんだーって。自慢しに行ったりしない？　こんな防御力ゼロの服着てさ」

「んッ、んゃだ、しないよぉ！　この服はぁ、大貴が好きそうだから選んだだけだもん。大貴にしか見せないもん！」

「うん、これからもそうしてね。俺以外の人の前では、気をつけなきゃダメだよ？」

「ふぁ、あああ、うん、気をつけるぅ！　気をつけるからぁ！　もう、許して、くすぐるの、やだぁぁ」

寧々花の薄いベビードールの中から手を抜いて、くすぐり地獄から寧々花を解放する。

そして俺はベッドの縁に座った。

寧々花はベッドに転がったまま、はぁはぁと荒い息をしている。

髪は乱れ、ベビードールの裾も捲れあがってパンツがしっかり見えている。でも、今の寧々花には自分の格好を気にする余裕はないだろう。笑い泣きすぎて、目元が涙で濡《ぬ》れていた。

――やりすぎたかな？

「大丈夫？」

「大丈夫………ちょっと、楽しかったね。カップルでイチャイチャしてる感じがした」

このタイミングで「えへへっ」と笑う寧々花にMの素質を感じた。

うん……嫌いじゃないけど。むしろ好きだけど。ありがたいけど。

この感じだと、またいつか「くすぐりごっこしたい」とか言い出しそうだ。

「恋人タイム満足した？」

「はい、満足です……」

「じゃあそろそろ、おやすみなさい」

「おやすみなさい」

まだベッドの上で乱れきったまま倒れている寧々花の頭を撫でて、俺はそそくさと自分の部屋に戻った。


「ああああああああああああ」

自分の部屋に戻って、第一声。

息が尽きて苦しくなるまで低い呻《うめ》き声《ごえ》を吐き出した。

「……………誰か、耐えきった俺を褒めて……………………」

とか言っても、俺を褒めてくれるのは俺の脳内の天使ネネカぐらいしかいないけどな。

でもそういう褒め言葉の自給自足じゃなくて、第三者に褒められたい。できれば男心がよく分かる人でお願いします。

「エロいんだよ……もおおおおおおおおお」

ベッドに転がって、枕に顔を埋《うず》めて叫ぶ。

枕に埋まってから叫んだのは、万が一でも寧々花に聞かれないようにするためだ。口に出した以上、億が一には聞かれる可能性があるけどもうそれはその時でいいや。

——いつか両親公認で付き合うようになって、二人で暮らすことになったら、同居を始めてからずっと抑圧されてきた俺の煩悩が火を噴くから覚悟しておけよ……。

気を紛らわそうと、ベッドサイドに置いてあった暗記ノートを開いてみるが、目が滑って何も頭に入ってこない。

あぁ、本当に困った。脳裏からどえらい寧々花の姿が離れなくて、このままではまた勉強に集中できなくなってしまいそうだ。

しかしこれでまた俺の成績が下がったら、二週間恋人タイムが禁止になる。

……再びフラストレーションが溜《た》まる寧々花。

……恋人タイム禁止期間が終わった日、俺にどえらい恋人タイムを要求する寧々花。

……寧々花との濃密な時間に再び煩悩が止まらなくなり、成績が下がる俺……。

——ダメだ。この無限ループはダメだ。

首をブンブン振って、雑念を振り払う。

少しでも勉強して、まずは受験を無事に終わらせたい。

何とか気持ちを切り替えて、少し英語の勉強をしてから寝てみたが、夢の中にベビードール寧々花が出てきて、目が覚めて for a while……my son は a powerful guy に

evolutionしていた。

エピローグ

翌朝、ご飯を食べるためにリビングに向かうと、母さんと寧々花のお父さんが先に二人でご飯を食べているところだった。

「おはよう、母さん、お義父《とう》さん」

「おはよう、大貴」

「おはよう、大貴くん。昨日も遅くまで勉強？」

「あ、はい……」

「そっか、頑張るのはすごくいいことだけど、無理しすぎないようにね。体調崩して、試験を受けられないのが一番悔しいから」

「ありがとうございます」

寧々花のお父さんに優しい言葉をかけてもらい、照れ臭くなっていると、パジャマ姿の寧々花がリビングにやってきた。

「おはようございますー」

「おはよう」

「おはよう寧々花ちゃん」

俺と母さんが挨拶を返すと、寧々花《ねねか》が「気持ちのいい朝ですねー」と言ってふわっと微笑《ほほえ》んだ。機嫌が良さそうだ。

「寧々花ちゃん、最近ちょっと暗い顔をしていたけど、今日はとっても楽しそうね」

母さんも寧々花の変化に気づいたようだ。

「えへへ、そう見えますか?」

ちょっと恥ずかしそうに笑いながら俺の隣の椅子に座ると、少しだけ距離を詰めてくる。テーブルの陰に隠れて、俺に触れられる距離だ。

さっそく寧々花の指が、俺の太腿《ふともも》にハートマークを描いた。

寧々花のご機嫌がいいのは、昨日俺と話し合い、その後思いっきりイチャイチャしたおかげだろう。

……するとその時、寧々花のお父さんがコホンと咳払《せきばら》いした。

「寧々花、ちょっと真面目な話を一ついいかな?」

急に真剣なトーンで寧々花に前振りする寧々花のお父さん。

寧々花がパッと俺の太腿に触れている手を回収した。

「……真面目な話って何?」

「昨日の夜のことだ」

顔を強張《こわば》らせたのは寧々花だけじゃない。

寧々花の部屋でイチャイチャしていたことを思い出し、俺も血の気が引いた。

「随分、楽しそうに騒いでいただろう？　笑い声が一階の階段下まで響いていたぞ？」

――マズイ。昨日は羽目を外して、部屋でこっそり恋人タイムをするのも忘れて思いっきり寧々花を笑わせてしまった。下の階に両親がいるから、バレないようにしなきゃとか、全然考えていなかった。

横をチラッと見ると、寧々花の目が泳ぎまくっていた。

「え、えっと……何の話かな？　きききき昨日は、早くに寝たつもりなんだけどー？」

隣で聞いていた俺もビックリするくらい、嘘《うそ》をついているのがバレバレな言い方だ。

いくらなんでもそれで「そう？　じゃあ気のせいだったのかな」とはならないだろう。

「こら、そんな嘘をついたって、友達と電話で大騒ぎしていた事実は隠せないぞ。隣で勉強していた大貴《たいき》くんだって聞こえたよなぁ？　勉強の邪魔だっただろう？」

――友達と、電話？

俺たちはゆっくり顔を見合わせ、そしてほぼ同時に『あぁ……!!』って顔になった。

「そうなの！　学校の友達と電話してたら盛り上がっちゃって!!」

「うんうん、聞こえてた。いやぁ……すっごく楽しそうに笑ってるなぁって思ってた……」

セーフだ。おそらくセーフだ。

寧々花のお父さんは、会話の中身まで聞いたわけじゃないらしい。寧々花の笑い声だけ聞いて、友達と電話しながら騒いでいると思っただけなんだろう。

そこで『うるさいぞ！』と突撃してこなかったところに、娘を一人で育ててきた寧々花のお父さんなりの気遣いを感じた。

昨夜、寧々花のお父さんに突撃されていたらと考えるだけでガクブルなんですが。

ここは、寧々花が電話していたことにしよう。

俺たちの気持ちは一瞬で通じ合った。

「ごめんね、おにぃちゃん。うるさかったよね……」

「あぁ、気にしなくていいよ。たまには友達と話すのもいいよね。いい息抜きになるし」

「大貴くんは優しいなぁ。でも大事な時期なんだから、寧々花も大貴くんの迷惑になるようなことは慎むように」

「はい、ごめんなさい」

寧々花が頭を下げる。

「……はいっ、じゃあ反省タイムは終わりにしてご飯にしましょう。今日母さんだけ仕事だから、亮介《りょうすけ》さんにお買い物を頼んでおくわ。大貴と寧々花ちゃんは、何か買ってきてほしいものがあったら亮介さんに頼んでね」

「はーい」

「はーい」

義理の兄妹揃《そろ》って、いい子のお返事。

いつもより素早く朝ご飯を食べて片づけを済ませると、俺も寧々花も急いで二階に駆け上がっていった。

俺が自分の部屋に入ると、寧々花も続けて俺の部屋に入ってくる。

「あああ怖かったぁ！　お父さん、ドアの向こうで聞いてたんじゃないかと思って焦ったよぉぉぉぉ」

寧々花が小声で叫ぶ。

「俺もめちゃくちゃ焦ったぁぁぁぁぁ。冷や汗出たぁぁぁぁぁ」

俺も小声で叫ぶ。

「ちょっとまた、あちこち気を引き締めていこう。受験勉強も疎《おろそ》かにならないように気をつけて、恋人タイムも母さんたちにバレないように気をつけよう」

「うんうん」

寧々花が力強く頷《うなず》き、「あ、ちょっと待って」と言って俺の部屋から出ていった。そしてすぐに箱を抱えて戻ってきた。ティッシュの空き箱のようだが。

「大貴に提案したいことがあるんだ」

「うん？」

「あのね、昨日いろいろ考えみたんだ。成績が下がったら二週間恋人タイム禁止っていうのも、勉強を頑張る理由になるけど、ペナルティ怖さで勉強していてもつまらないと思うの。逆に、成績が上がったらいいことがあるって思うのも大事だと思うのよね」

「ふむふむ？」

「それで役に立つのが、こちら！　寧々花特製クジです！」

「寧々花特製クジ？」

「そう、新ルール！　一週間分の勉強の目標を立てて、そのノルマをしっかりこなせた人は、毎週土曜日にこちらのクジを引けます！　クジの中にはご褒美メニューが書いてあるんだ。むぎゅっとしてもらえるとか、キスしてもらえるとか、マッサージしてもらうとかね。何が当たるか分からなくて面白いでしょ？」

　ドヤ顔でクジの箱を掲げる寧々花。

　これ、昨日俺が部屋に帰ったあとに作っていたのかな。

　俺の彼女は、なんでそんなにやること為《な》すこと可愛《かわい》いの？

「一回、どんな感じなのか引いてみる？」

　ワクワクしている寧々花に「いや、別にいいよ」なんて塩対応はできない。

　どれどれどんな感じにクジが入っているのか引いてみようじゃないか。

　箱の中に手を入れ、クジを一枚取り出してみる。折りたたまれた可愛いメモ用紙を広げると、中には『何でもお願いできちゃう券』と書かれていた。

「あ、すごい。いきなり大当たりを引きましたね……」

「これが大当たりですか？」

「そう。他のクジはご褒美が指定されていますが、そのクジは何でもリクエストできちゃうのです」

「何でも……？」

寧々花が少し背伸びをして、俺の耳元で囁《ささや》く。

「うん、何でも。……もう一回、あの格好してあげてもいいよ？」


可愛すぎてもはや反則レベル。

寧々花は俺を誘惑してやまない小悪魔なのか。

——それとも、俺を天に誘う天使なのか。

「こ、恋人タイムはバレないようにしなきゃいけないんだからな？」

「もちろん、バレないように気をつけるよ」

えへへっといたずらっ子のように寧々花が笑う。

——まったく……こんなんじゃ、我が家で禁欲生活は続かないな……。

これから俺たちは毎週土曜日のご褒美タイム目指して、一週間分の勉強スケジュールをきっちりとこなすようになるだろう。

クジを引くのは、両親のいないタイミング。土曜日は、母さんも寧々花のお父さんも仕事だったり、一人だけ仕事でもう一人は休みだったり、二人とも休みだったりその日によって違うけど、二人とも出かけているタイミングが必ず来る。

その隙に俺たちは思いっきり恋人タイムを満喫して、日頃の勉強のストレスを癒やし合うんだ。

きっと寧々花は無垢《むく》な顔をして俺の脳内の小悪魔ネネカを刺激し、煩悩たちを振り回すことだろう。そして小悪魔ネネカと煩悩たちを止めようとする天使ネネカが現れ、二人がバチバチに睨《にら》み合って脳内はぐちゃぐちゃになる。

寧々花は俺の苦労を半分も分かっちゃいないが、それでもいい。

寧々花の笑顔を守れるなら、俺の苦労も大したことないと思える。

俺の我慢と努力は、必ず俺たちをいいほうに導いてくれるはずだから。

そして——今日も俺たちは、義理の兄妹という立場を利用して、こっそりカップルとしての絆《きずな》を深めていく……。

Sweet Devil&Angel
Neneka
Manga mo
Yomuno desu

パタン…
やっと…二人きりになれたね
うん…
じゃあそろそろ…始めよっかお楽しみの時間を…
俺たちは今から、親に隠れて…

それでは早速、大貴からクジを引いてね
じゃん♥
ありがとう
今週の勉強目標を達成したご褒美タイムを始めようとしている
何が出るかなー
好きな♥
コスプレ
ん!?
こんなの入ってたんだ!?
あ!いいなぁ
私もそれ引きたいな
大貴に着て欲しいコスプレ衣装があるんだよね…
俺に何のコスプレをさせたかったの…?
着替えてくるね★

…ということで、寧々花には猫耳ナースのコスプレをしてもらいました
えへへ♡
森田さん、お体の調子はいかがですかにゃ♡
ズキューーンッ
心臓が…苦しいです…
ドキドキドキ
え？大丈夫ですか!?
可愛すぎて患者の心臓を止めるナースが爆誕した!!

じゃあこのまま
私もクジを引くね
何が出るかな～
ゴソ
じゃん！
マッサージ
マッサージか
やったぁ！
今週勉強頑張ったから
腰が痛かったの！
よろしくね♪
ドキ…
り、了解…
じゃあ、
いくよ…
…

ンっ…
ぴくんっ
ピシィイイ
ぎゅ
大貴…ソコ、気持ちいい…ッ
あれ、どうしたの?
息子がまさに今、峠でして…
え!?息子さん、そんな危険な状態なんですか!?
いや、その峠じゃないんですけど
そのあとすぐに両親が帰ってきたので、めちゃめちゃ急いで解散した

あとがき

本書を手に取ってくださりありがとうございます。マリパラです。

大貴《たいき》の煩悩ワールドが進化した『おやこん』二巻を皆様にお届けできて嬉《うれ》しいです。

今回も「何言ってんだ此奴《こいつ》」とツッコミながら読んでいただけると幸いです！

実は私も……「何言ってんだ此奴」と思いながら書いています！（楽しかったです）

謝辞です。担当編集様、漫画エンジェルネコオカの運営の皆様には、引き続き大変お世話になりました。また、動画シリーズを支えてくださっているチャンネルクリエイターの皆様も、いつもありがとうございます。

動画版で作画を担当されている黒宮さな先生には、本書の巻末漫画を描いていただきました。寧々花《ねねか》の可愛《かわい》さあふれる漫画をありがとうございます。

そしてイラストを担当してくださった、ただのゆきこ先生。バリエーション豊かな寧々花のイラストをありがとうございます。新登場の小悪魔ネネカと天使ネネカも最高でした。

本作はＹｏｕＴｕｂｅチャンネル漫画エンジェルネコオカで公開中の動画シリーズを、書籍化したものです。観《み》たことのない方は、是非チェックしてみてください。それでは！

マリパラ

作品のご感想、
ファンレターをお待ちしています

あて先
〒141-0031
東京都品川区西五反田 8-1-5 五反田光和ビル4階
オーバーラップ文庫編集部
「マリパラ」先生係／「ただのゆきこ」先生係／
「黒宮さな」先生係

OVERLAP

親が再婚。恋人が俺を「おにぃちゃん」と呼ぶようになった 2

発　　行　2022年8月25日　初版第一刷発行

著　　者　マリパラ
発 行 者　永田勝治
発 行 所　株式会社オーバーラップ
〒141-0031　東京都品川区西五反田 8-1-5
校正・DTP　株式会社鷗来堂
印刷・製本　大日本印刷株式会社

Printed in Japan　ISBN 978-4-8240-0267-9 C0193

第10回 オーバーラップ文庫大賞
原稿募集中！
イラスト：冬ゆき
【賞金】
大賞…300万円
（3巻刊行確約＋コミカライズ確約）
金賞……100万円
（3巻刊行確約）
銀賞………30万円
（2巻刊行確約）
佳作………10万円
キミが物語の王様
【締め切り】
第1ターン 2022年6月末日
第2ターン 2022年12月末日
各ターンの締め切り後4ヶ月以内に佳作を発表。通期で佳作に選出された作品の中から、「大賞」、「金賞」、「銀賞」を選出します。
投稿はオンラインで！ 結果も評価シートもサイトをチェック！
https://over-lap.co.jp/bunko/award/
〈オーバーラップ文庫大賞オンライン〉
※最新情報および応募詳細については上記サイトをご覧ください。
※紙での応募受付は行っておりません。